Dai Sijie
Balzac und die kleine
chinesische Schneiderin

/50

Zu diesem Buch

Sie hat einen dicken schwarzen Zopf, zwei hinreißende Schühchen aus rosafarbenem glänzendem Stoff und das zauberhafteste Lächeln, das man sich vorstellen kann: die Kleine Schneiderin aus dem abgelegenen Bergdorf, in die sich der junge Luo gleich beim ersten Anblick verliebt. Er und sein Freund, zwei Studenten, die zur »kulturellen Umerziehung« hierher ans Ende der Welt verschickt wurden, merken bald, daß sie nur eine einzige Möglichkeit haben, ihre Haut zu retten: Sie müssen in den Besitz jenes wunderbaren Lederkoffers gelangen, der die – verbotenen – Meisterwerke der westlichen Weltliteratur enthält. Denn nur aus Balzac und Stendhal, aus Dostojewski und Dumas können sie die Lebensenergie und den Esprit schöpfen, die sie brauchen, um den Widrigkeiten ihres Daseins – und der Willkür des Dorfältesten Paroli zu bieten. Und vielleicht können sie am Ende sogar das Herz der Schneiderin gewinnen.

Dai Sijie, geboren 1954 in der Provinz Fujian in China, wurde von 1971 bis 1974 im Zuge der kulturellen Umerziehung in ein Bergdorf verschickt. Nach Maos Tod studierte er Kunstgeschichte und emigrierte 1984 nach Paris. »Balzac und die kleine chinesische Schneiderin«, sein erster Roman, wurde ein großer internationaler Erfolg und in einer französisch-chinesischen Produktion verfilmt.

Dai Sijie
Balzac und die kleine chinesische Schneiderin

Roman

Aus dem Französischen von
Giò Waeckerlin Induni

Piper München Zürich

Ungekürzte Taschenbuchausgabe
1. Auflage Juli 2003
9. Auflage März 2004
© 2000 Éditions Gallimard, Paris
Titel der französischen Originalausgabe:
»Balzac et la petite tailleuse chinoise«
© der deutschsprachigen Ausgabe:
2001 Piper Verlag GmbH, München
Umschlag / Bildredaktion: Büro Hamburg
Isabel Bünermann, Julia Martinez /
Charlotte Wippermann, Kathrin Hilse
Umschlagabbildung: Karen Beard / Getty Images
Foto Umschlagrückseite: Basso Cannarsa
Satz: Ziegler + Müller, Kirchentellinsfurt
Druck und Bindung: Clausen & Bosse, Leck
Printed in Germany   ISBN 3-492-23869-6

www.piper.de

Der Laoban saß mit untergeschlagenen Beinen neben der Erdfeuerstelle und inspizierte im Schein der glimmenden Kohle meine Geige. Es war der einzige Gegenstand im Gepäck der »zwei Grünschnäbel« aus der Stadt – damit waren Luo und ich gemeint –, der etwas Fremdländisches, den Geruch von Zivilisation an sich hatte, was natürlich gleich den Verdacht des Laoban, des Dorfvorstehers, erregt hatte. Ein Bauer brachte eine Petroleumlampe, um die Identifikation des Gegenstandes zu erleichtern.

»Ho-ho, was haben wir denn da.« Der Laoban hielt die Geige senkrecht hoch, um wie ein pingeliger Zollbeamter, der nach Drogen sucht, mißtrauisch durch das Schalloch in den dunklen Resonanzkasten zu spähen. Ich bemerkte drei kirschrote Blutstropfen in seinem linken Auge: zwei kleine und einen größeren.

Er hielt die Geige vor die Augen, schüttelte sie kräftig, offenbar felsenfest überzeugt, daß etwas herausfallen mußte. Ich fürchtete, daß die Saiten gleich reißen und die Wirbel in alle Richtungen davonfliegen würden.

Das Dorf war fast vollzählig vor dem etwas abseits stehenden Haus versammelt. Männer, Frauen und Kinder umringten uns neugierig, hingen in Trauben an der Stiege, streckten die Köpfe aus dem Fenster. Aus meinem Instrument fiel jedoch nichts. Also hielt der Laoban schnüffelnd die Nase ans geheimnisvolle Schalloch; die paar langen, dicken, popeligen Haare in seinen Nasenlöchern zitterten.

Nichts. Keinerlei Indizien.

Er fuhr mit seinem schwieligen Zeigefinger über eine Saite, über eine zweite Saite ... entlockte ihnen einen fremdartigen Ton, der die Menge andächtig erstarren ließ.

»Es handelt sich um ein Spielzeug«, erklärte der Laoban feierlich.

Seine Schlußfolgerung verschlug uns die Sprache. Wir blickten uns kurz an. Ich fragte mich besorgt, wie das Ganze noch enden würde.

Ein Bauer nahm dem Laoban das »Spielzeug« aus den Händen, hämmerte mit der Faust auf dem Boden des Instruments herum, reichte es dann an seinen Nachbar weiter, und meine Geige ging von Hand zu Hand. Niemand kümmerte sich um uns, die zwei lächerlichen Hänflinge aus der Stadt. Wir waren den ganzen Tag durch Berg und Tal marschiert, unsere Kleider, unsere Gesichter, unsere Haare starrten vor Schmutz. Wir konnten uns kaum mehr auf den Beinen halten. Wir sahen aus wie zwei jämmerliche reaktionäre Soldaten aus einem Propagandafilm, die nach einer verlorenen Schlacht von einer Heerschar kommunistischer Soldaten gefangengenommen worden waren.

»Ein kindisches Spielzeug«, kreischte eine Frau.

»Nein«, berichtigte der Laoban, »ein typisch bourgeoises Spielzeug aus der Stadt.«

Mich fröstelte trotz des flackernden Feuers in der Mitte des festgetrampelten Hofes. »Es muß verbrannt werden«, hörte ich den Laoban sagen.

Sein Befehl löste auf der Stelle heftige Reaktionen aus. Alle redeten wild durcheinander, schrien, drängten sich nach vorn; jeder versuchte, sich des »bourgeoisen Spielzeugs« zu bemächtigen, um es eigenhändig ins Feuer zu werfen.

»Laoban«, sagte unerwartet Luo freundlich lächelnd, »das ist ein Musikinstrument. Mein Freund ist ein guter Musikant, ehrlich.« Die Menge verstummte. Der Laoban griff nach der Geige, inspizierte sie nochmals gründlich von allen Seiten und hielt sie mir dann hin.

»Tut mir leid, Laoban«, sagte ich verlegen, »ich spiele nicht besonders gut.« In dem Moment sah ich, daß Luo mir zuzwinkerte. Ich nahm also die Geige und begann sie zu stimmen.

»Mein Freund wird eine Sonate von Mozart spielen«, verkündete Luo gelassen. Ich fragte mich erschrocken, ob er vielleicht übergeschnappt war. Seit ein paar Jahren waren in China sämtliche Werke Mozarts oder sonst eines westlichen Komponisten verboten. Meine durchnäßten Füße in den aufgeweichten Schuhen fühlten sich wie Eisklumpen an. Ich bibberte vor Kälte.

»Eine Sonate? Was ist das?« fragte mich der Laoban mißtrauisch.

»Nun … also … wie soll ich Ihnen das erklären«, stammelte ich.

»Ein Lied?«

»Etwas in der Art …«, antwortete ich ausweichend.

Auf der Stelle flackerte die Wachsamkeit eines echten Kommunisten in den Augen des Laoban auf, und seine Stimme verhieß nichts Gutes: »Und wie nennt sich dieses Lied?«

»Also … es hört sich an wie ein Lied, aber es ist eine Sonate.«

»Ich hab dich gefragt, wie es heißt!« brüllte er mich an. Ich konnte den Blick nicht von den drei gruseligen Blutstropfen in seinem Auge wenden.

»Mozart …«, antwortete ich zögernd.

»Mozart was?«

»… Mozart ist mit seinen Gedanken immer beim Großen Vorsitzenden Mao«, kam mir Luo zu Hilfe.

Mir stockte der Atem. Doch Luos kühne Erklärung wirkte Wunder: Die Gesichtszüge des Laoban entspannten sich. Er kniff die Augen zusammen, und sein Mund verzog sich zu einem breiten, seligen Lächeln. »Mozart ist mit seinen Gedanken immer beim Großen Vorsitzenden Mao«, wiederholte er andächtig.

»Ja, immer, Tag und Nacht«, bekräftigte Luo.

Als ich die Saiten meines Bogens spannte, begann die Menge aufmunternd in die Hände zu klatschen, was mich jedoch nur noch mehr einschüchterte. Meine klammen Finger fuhren über die Saiten – und Mozarts vertraute Sätze stiegen in meiner Erinnerung auf. Die eben noch harten Gesichter der Bauern weichten bei Mozarts klarem Jubel auf wie die vom Regen durchnäßte Erde; dann verschmolzen ihre Umrisse im tanzenden Licht der Petroleumlampe nach und nach mit der Dunkelheit.

Ich spielte eine ganze Weile, während Luo sich ruhig eine Zigarette ansteckte wie ein richtiger Mann.

Das war unser erster Umerziehungstag. Luo war achtzehn, ich siebzehn.

Ein paar Worte zur Umerziehung. Ende 1967 startete Mao, der Große Steuermann, eine Kampagne, die das kommunistische China zutiefst verändern sollte: Die Universitäten wurden geschlossen, und die »jungen Intellektuellen«, das heißt die Gymnasiasten und die Absolventen höherer Schulen, wurden zur »Umerziehung durch die revolutionären Bauern« aufs Land geschickt. (Ein paar Jahre später würde dieses in der Geschichte beispiellose Experiment einen anderen asiatischen Revolutionär zur Nachahmung anspornen, einen Kambodschaner, der, ehrgeiziger und noch radikaler, die ganze Bevölkerung der Hauptstadt, ob alt oder jung, »aufs Land« schickte.)

Was Mao Zedong mit seiner Entscheidung wirklich bezweckte, war unklar. Wollte er mit den Roten Garden aufräumen, die langsam seiner Kontrolle entglitten? Oder handelte es sich um die Laune eines großen revolutionären Träumers, der seinen Traum, den »neuen Menschen« zu schaffen, verwirklichen wollte?

Niemand würde je eine Antwort auf diese Frage geben. Wenn uns niemand hörte, diskutierten Luo und ich oft über dieses Thema. Und kamen zum Schluß, daß Mao die Intellektuellen haßte.

Wir waren weder die ersten noch die letzten Versuchskaninchen dieses gewaltigen menschlichen Experiments. Anfang des Jahres 1971 langten wir also in jenem Bergdorf am Ende der Welt an, bekamen ein Pfahlhaus am Rande des Dorfes zugewiesen, und ich spielte vor dem Laoban Geige. Es hätte uns schlimmer ergehen können. Millionen junger Menschen waren uns vorangegangen, und Millionen würden uns folgen. Bloß – Ironie des Schicksals –, weder Luo noch ich waren Gymnasiasten. Wir hatten nie das Glück gehabt, die Schulbank eines Gymnasiums zu drücken. Als wir in die Berge geschickt wurden, hatten wir lediglich die drei Oberschuljahre absolviert.

Luo und mich als »Intellektuelle« zu bezeichnen grenzte an Hochstapelei, und dies um so mehr, als die in der Oberschule erworbenen Kenntnisse gleich Null waren. Zwischen dem zwölften und dem vierzehnten Altersjahr hatten wir warten müssen, bis sich die Kulturrevolution beruhigte und unsere Schule wieder geöffnet wurde. Als es endlich so weit war, wurden wir bitter enttäuscht. Das Fach Mathematik war abgeschafft worden wie auch der Unterricht in Physik und Chemie, die »Grundkenntnisse« beschränkten sich von nun an auf Industrie- und Landwirtschaftskunde. Auf den Einbänden der Schulbücher war ein Arbeiter mit einer Schirmmütze abgebildet, der, mit

Bizeps so dick wie die von Sylvester Stallone, einen riesigen Hammer schwang. Neben ihm stand eine als Bäuerin verkleidete Kommunistin mit einem roten Tuch um den Kopf (»eine um den Kopf gewickelte Monatsbinde«, frotzelten unsere Mitschüler grinsend). Diese Schulbücher und Maos »Rotes Buch« waren jahrelang unsere einzige intellektuelle Nahrung. Sämtliche anderen Bücher waren verboten.

Daß man uns den Übertritt ins Gymnasium verwehrte und uns die Rolle junger Intellektueller aufbürdete, verdankten wir unseren Eltern, die – obwohl unterschiedlich schwerer Verbrechen angeklagt – als Volksfeinde eingestuft worden waren.

Meine Eltern waren Ärzte. Mein Vater war Lungenfacharzt, meine Mutter Fachärztin für parasitäre Krankheiten. Sie arbeiteten beide im Krankenhaus von Chengdu, der Hauptstadt von Sichuan, einer Stadt mit rund vier Millionen Einwohnern, die sehr weit von Peking entfernt ist, aber sehr nahe an Tibet.

Luos Vater war im Vergleich zu meinem Vater eine richtige Koryphäe, ein in ganz China berühmter Zahnarzt. Er hatte einmal – vor der Kulturrevolution – seinen Studenten erzählt, er hätte Mao Zedongs Zähne in Ordnung gebracht und auch die von Frau Mao und von Chiang Kai-shek, dem Staatspräsidenten der abtrünnigen »Republik«. Offen gestanden: nach jahrelanger täglicher Betrachtung von Maos Porträt hatten schon viele festgestellt, daß seine Zähne sehr gelb, ja geradezu unappetitlich waren, doch niemand hätte sich getraut, das zu sagen. Und nun kam ein berühmter Zahnarzt daher und deutete dreist in aller Öffentlichkeit an, der Große Steuermann der Nation trage ein Gebiß, was eine nicht zu übertreffende Majestätsbeleidigung war, ein hirnrissiges, ein unverzeihliches Verbrechen, schlimmer als die Preisgabe eines Staatsgeheimnisses. Unseligerweise hatte er es gewagt, die Namen des Ehepaars Mao in einem Atemzug mit dem der größten Kanaille zu nennen: Chiang Kaishek! Was das Strafmaß erheblich erhöhte.

Luos Familie hatte jahrelang gleich neben uns gewohnt, Tür an Tür im dritten und obersten Stockwerk eines Backsteingebäudes. Er war der fünfte Sohn seines Vaters und das einzige Kind seiner Mutter.

Ich übertreibe nicht: Luo war der beste Freund, den ich in meinem Leben gehabt habe. Wir wuchsen zusammen auf und machten gemeinsam einiges durch. Wir stritten uns selten.

Ich werde die einzige Rauferei zwischen uns nie vergessen – oder vielmehr den Tag, als er mir eine Ohrfeige gab. Es war im Sommer 1967. Er war kaum fünfzehn, ich kaum vierzehn. Auf dem Basketballfeld des Krankenhauses, in dem meine Eltern arbeiteten, fand an jenem Nachmittag eine große politische Versammlung statt. Wir wußten beide, daß diese Versammlung Luos Vater galt und daß man ihn öffentlich seiner Verbrechen anklagen würde. Als gegen fünf Uhr immer noch niemand nach Hause gekommen war, bat mich Luo, ihn zu begleiten. »Wir werden uns die Kerle merken, die meinen Vater erniedrigen und foltern«, sagte er, »und wenn wir älter sind, rächen wir ihn.«

Auf dem brechend vollen Basketballfeld wogte ein Meer von schwarzen Köpfen. Es war unerträglich heiß. Der Lautsprecher brüllte. Luos Vater kniete auf einem Podest. Eine große, schwere, mit einem Draht um seinen Hals befestigte Zementtafel hing auf seinem Rücken; der Draht hatte sich tief ins Fleisch eingeschnitten. Auf der Tafel standen sein Name und sein Verbrechen:

REAKTIONÄR!

Selbst aus der Entfernung von dreißig Metern glaubte ich, auf dem Podest unter dem Kopf von Luos Vater einen dunklen Schweißfleck zu erkennen. Eine drohende Männerstimme brüllte aus dem Lautsprecher: »Gib zu, daß du mit dieser Krankenschwester geschlafen hast.«

Luos Vater senkte den Kopf noch tiefer, so tief, daß es aussah, als drücke ihn die schwere Tafel zu Boden. Ein Mann hielt ihm ein Mikrophon vor den Mund, und man hörte ein zitterndes, gehauchtes »Ja!«.

»Wie ist es dazu gekommen?« brüllte der Richter. »Hast du dich an sie herangemacht? Oder war sie es?«

»Ich war's.«

»Und dann?«

Sekundenlanges Schweigen. Dann echote die Menge wie aus einem Mund: »Und dann?« Der von zweitausend Menschen aufgenommene Schrei hallte wie ein Donnerschlag und rollte grollend über unsere Köpfe hinweg.

»Ich hab sie angefaßt ...«, flüsterte der Angeschuldigte.

»Weiter! Einzelheiten!«

»Doch kaum habe ich sie berührt«, gestand Luos Vater, »ist es um mich herum ... neblig geworden.«

Das entfesselte Gebrülle der fanatischen Richter schwoll erneut an. »Komm, gehn wir«, flüsterte Luo mir zu. Und wir entfernten uns. Unterwegs spürte ich plötzlich Tränen über mein Gesicht rinnen und mir wurde bewußt, wie sehr ich unseren alten Nachbarn, den Zahnarzt, mochte.

Und in dem Moment ohrfeigte mich Luo wortlos. Der Schlag kam so unerwartet, daß ich beinahe das Gleichgewicht verlor.

Zu jener Zeit, 1971, waren der Sohn des Lungenfacharztes und sein Freund, der Sohn des berühmten Volksfeindes, der die hohe Gunst erfahren hatte, Maos Zähne berühren zu dürfen, bloß zwei »junge Intellektuelle« unter den Hunderten von Jungen und Mädchen, die auf den Phönix-des-Himmels genannten Berg geschickt wurden. Ein poetischer Name. Und ein eindrückliches Bild, das die schwindelerregende Höhe erahnen ließ: Die armen Sperlinge und sonstigen Vögel der Ebene würden sich niemals bis zum Gipfel des Berges aufschwingen können; nur einem einzigen Vogel war es gegeben, einem allmächtigen, sagenumwobenen und zutiefst einsamen.

Es führte keine Straße auf den Berg des Phönix-des-Himmels, bloß ein schmaler Pfad, der sich zwischen den Felsmassen, den steil abfallenden Wänden, den Kuppen und Kämmen, den wildesten Gesteinsformationen hinaufschlängelte. Um den Schatten eines Autos zu erspähen, eine Autohupe zu hören, ein Zeichen von Zivilisation zu sehen oder den Duft einer Garküche zu schnuppern, mußte man zwei Tage über Berg und Tal marschieren. Etwa hundert Kilometer entfernt lag die kleine Kreisstadt Yong Jing am Ufer des Flusses Ya; es war die nächstgelegene Stadt. Der einzige Weiße, der je seinen Fuß dorthin gesetzt hatte, war Pater Michel, ein französischer Missionar, der in den vierziger Jahren eine neue Route suchte, um nach Tibet zu gelangen.

»Der Distrikt Yong Jing ist nicht reizlos, vor allem seines Gebirges wegen, das man Phönix-des-Himmels nennt«, hielt der Jesuit in seinem Reisetagebuch fest. »Der Berg ist für sein Kupfergold berühmt, das früher für die Herstellung von Münzen verwendet wurde. Im 1. Jahrhundert, erzählt man, schenkte ein Kaiser der Han-Dynastie diesen Berg seinem Konkubinen, einem Obereunuchen aus seinem Hofstaat. Als ich den Blick über die schwindelerregenden Felsen schweifen ließ, erblickte ich einen schmalen Pfad, der sich zwischen den dunklen Kaminen in den überhängenden Felsen hochzog und sich in den tiefhängenden Wolken aufzulösen schien. Ein paar wie Saumtiere beladene Kulis stiegen den Pfad hinunter. Riesige, mit Berggold gefüllte Bambuskörbe waren mit Lederriemen auf ihren Rücken gebunden. Man sagte mir jedoch, die Kupfergewinnung sei wegen der schlechten

Transportwege im Niedergang begriffen. Dank der besonderen Geographie dieses Berges sind die Bewohner jetzt zum Opiumanbau übergegangen. Man riet mir übrigens dringend davon ab, den Fuß in jene Gegend zu setzen: Die Opiumbauern sind allesamt bewaffnet. Nach der Ernte vertreiben sie sich die Zeit mit Überfällen. Ich begnügte mich also damit, die unwirtliche, vom satten Grün mächtiger Bäume und von üppiger Vegetation verdunkelte Gegend aus der Ferne zu betrachten: ein wahrlich geeigneter Ort für einen im Schatten der Bäume lauernden Banditen, um sich auf Reisende zu stürzen.«

Etwa zwanzig, in den Windungen des einzigen Pfades verstreute oder in den schattigen Wäldern versteckte Dörfer besiedelten den Phönix-des-Himmels. Gewöhnlich nahm jedes Dorf fünf oder sechs junge Städter auf. Unser Dorf aber, hoch oben unterhalb des Gipfels gelegen und überdies das ärmste, konnte nur zwei übernehmen: Luo und mich. Wir waren im Pfahlhaus am Dorfrand untergebracht worden, vor dem der Laoban meine Geige untersucht hatte. Das Gebäude gehörte zum Gemeinschaftsbesitz der Dorfbewohner und war nicht zu Wohnzwecken vorgesehen. Zu ebener Erde, im Koben zwischen den Pfählen, hauste eine dicke Sau, die ebenfalls zum Gemeinschaftsbesitz gehörte. Das Haus selber war aus alten, rohen, ungetünchten Brettern gebaut; es bestand aus einem einzigen Raum ohne Dachboden und wurde als Speicher für den Mais und den Reis und kaputte Gerätschaften benützt; überdies war es ein idealer Ort für heimliche Seitensprünge.

Wir verfügten in all den Jahren unserer Umerziehung über keinerlei Möbel, nicht einmal über einen Tisch oder Stühle, sondern lediglich über zwei Pritschen längs der Wand in einem kleinen, fensterlosen Verschlag.

Nichtsdestotrotz dauerte es nicht lange, und unser Haus wurde zum Mittelpunkt des Dorfes: Alle fanden sich bei uns ein, der Laoban mit den drei Blutstropfen im linken Auge mit eingeschlossen. Und dies dank einem anderen Phönix, einem winzig kleinen und eher irdischen, der meinem Freund Luo gehörte.

Es handelte sich nicht um einen richtigen Phönix, sondern um einen stolzen Hahn mit prächtigen, blaugrün schimmernden Schwanzfedern. Er senkte unter dem etwas trüben Glas ruckartig den Kopf, und während der Sekundenzeiger langsam um das Zifferblatt kreiste, pickte er ein imaginäres Reiskorn in einem imaginären Hühnerhof. Dann hob er den Kopf, sperrte den Schnabel auf und plusterte sich zufrieden und satt.

Luos Wecker mit dem sich – pick-pick-pick – im Sekundentakt bückenden Hahn hatte ein hübsches, sanftes Läutwerk und war kaum so groß wie ein Handballen, daher war das kleine Wunderding bei unserer Ankunft dem scharfen Blick des Laoban entgangen.

Im Dorf hatte es bis dahin weder Wecker noch Uhr,

noch Turmuhr gegeben. Die Menschen hatten seit Generationen ihr Leben nach der aufgehenden und der untergehenden Sonne gerichtet.

Der Wecker übte fast religiöse Anziehungskraft auf die Dorfbewohner aus. Alle kamen vorbei, um ihn andächtig zu bestaunen, als sei unser Pfahlhaus ein Tempel. Jeden Morgen wiederholte sich das gleiche Ritual: Der Laoban ging feierlich vor unserem Haus auf und ab, seine Bambuspfeife paffend, die so lang war wie eine alte Flinte. Er ließ unseren Wecker nicht aus den Augen. Punkt neun Uhr stieß er einen schrillen, langgezogenen Pfiff aus: das Zeichen für jedermann, daß es Zeit war, aufs Feld zu gehen.

»An die Arbeit!« brüllte er durch die verwinkelten Gassen. »Lüpft euer Hinterteil, faule Bande! Worauf wartet ihr …«

Wenn wir zur Arbeit auf einem schmalen, steilen Pfad – so steil, daß es unmöglich war, eine Karre zu schieben – aufwärts, aufwärts, aufwärts bis zu den Wolken klettern mußten, waren weder Luo noch ich begeistert. Wovor uns am meisten grauste, war, Scheiße in eigens dafür vorgesehenen Holzeimern transportieren zu müssen. Die bis obenauf mit einer reichen Vielfalt menschlicher und tierischer Exkrementen gefüllten »Ruckeimer« wurden wie Rucksäcke auf den Buckel geladen und zu den Feldern in schwindelnder Höhe unterhalb des Gipfels geschleppt. Bei jedem Schritt hörte man direkt hinter den Ohren das Glucksen der mit Wasser vermischten Scheiße. Der eklige Inhalt schwappte unter dem Deckel über und lief einem den Rücken hinunter. Jeder Schritt konnte fatale Folgen haben, auf die ich lieber nicht näher eingehen möchte.

Eines frühen Morgens hatten wir beim Gedanken an die bereitstehenden »Ruckeimer« nicht die geringste Lust, aus den Federn zu kriechen. Als wir die Schritte des Laoban hörten, lagen wir noch im Bett. Es war fast neun Uhr, der Hahn pickte unerschütterlich sein Reiskorn, als Luo plötzlich einen genialen Einfall hatte: Er streckte den kleinen Finger aus und drehte die Uhrzeiger eine Stunde zurück. Und wir schliefen friedlich weiter. Was für eine Wohltat, ordentlich ausschlafen zu können, während der Laoban draußen, seine lange Bambuspfeife paffend, auf und ab ging. Luos fabelhafter Trick milderte unseren Groll gegenüber den ehemaligen Opiumbauern, die von der kommunistischen Regierung zu »revolutionären Bauern« bekehrt worden waren.

Nach jenem historischen Morgen änderten wir das morgendliche Wecken je nach Lust und Laune und unserer körperlichen Verfassung. Manchmal stellten wir den Wecker auch eine oder zwei Stunden vor, um früher Feierabend machen zu können. Was dazu führte, daß wir schließlich nicht mehr wußten, wie spät es wirklich war, und jegliches Zeitgefühl verloren.

Auf dem Berg des Phönix-des-Himmels regnete es die meiste Zeit; das heißt, es regnete gewöhnlich an zwei von drei Tagen. Gewitterregen oder Platzregen gab es selten. Es war ein hartnäckiger, andauernder Nieselregen: Regen, der nie aufzuhören schien. Die Umrisse der steilen Felsen um uns herum waren in dichten, gespenstischen Nebel gehüllt, und die irreale, verschwommene Landschaft vor dem Fenster unseres feuchten Pfahlhauses, in dem der Schimmel langsam alles überzog und uns jeden Tag enger umzingelte, machte uns schwermütig. Es war schlimmer, als in einer tiefen Höhle zu leben.

Luo konnte nachts oft nicht schlafen. Er stand dann auf, zündete die Petroleumlampe an und kroch im Halbdunkel unters Bett, um nach ein paar weggeworfenen Kippen zu suchen. Danach setzte er sich im Schneidersitz aufs Bett, legte die schimmligen Kippen auf ein Stück Papier (meistens ein kostbarer Brief von zu Hause) und trocknete sie an der Flamme der Petroleumlampe. Dann schüttelte er die Kippen und sammelte mit Uhrmacherpräzision die Tabakkrümel ein, um ja kein Bröselchen zu verlieren. Wenn er seine Zigarette fertig gedreht hatte, steckte er sie an und löschte die Lampe. Er rauchte auf seinem Bett sitzend, lauschte in der Dunkelheit der Stille der Nacht, in der nur das Grunzen der unter uns im Mist wühlenden Sau zu hören war.

Manchmal regnete es länger als üblich, und die Zigarettenknappheit verlängerte sich. Einmal weckte mich Luo mitten in der Nacht. »Ich finde nichts mehr zum Rauchen, weder unter dem Bett noch sonstwo.«

»Ja und?«

»Ich bin deprimiert«, sagte er. »Bitte spiel mir etwas auf der Geige vor.«

Also tat ich ihm den Gefallen und holte verschlafen meine Geige hervor. Während ich spielte, mußte ich plötzlich an unsere Eltern denken, an seine und an meine. Wenn der Lungenfacharzt oder der berühmte Zahnarzt uns in jener Nacht hätten sehen können, das flackernde Licht der Petroleumlampe, die zuckenden Schatten an der Wand unseres Pfahlhauses, wenn sie die vom Grunzen der Sau begleitete Geigenmelodie hätten hören können ... Doch niemand hörte uns. Nicht einmal die Dorfbewohner. Der nächste Nachbar wohnte mindestens hundert Meter entfernt.

Draußen regnete es. Ausnahmsweise war es nicht der gewohnte Nieselregen, sondern ein prasselnder Regen, der über unseren Köpfen auf die Dachziegel hämmerte. Das Geräusch deprimierte ihn nur noch mehr. Unsere Situation war ausweglos: Wir waren dazu verdammt, unser ganzes Leben in der Umerziehung zu verbringen. Laut den offiziellen Parteizeitungen hatte ein Student aus einer normalen Familie, das heißt aus einer revolutionären Arbeiter- oder Intellektuellenfamilie, der sich gut aufführte, eine hundertprozentige Chance, seine Umerziehung innerhalb von zwei Jahren zu beenden und zu seiner Familie in der Stadt zurückkehren zu können. Doch für die Söhne und Töchter der als »Volksfeinde« eingestuften

Familien war die Chance, nach Hause entlassen zu werden, gleich drei zu tausend. Vom mathematischen Standpunkt aus betrachtet, waren Luo und ich »abgehakt«. Blieb uns also nur die tröstliche Perspektive, auf dem Berg des Phönix-des-Himmels alt und glatzköpfig zu werden, im Pfahlhaus zu sterben und in ein grobes weißes Leichentuch gewickelt in die Welt der Ahnen einzugehen. Wir hatten allen Grund, trübselig, deprimiert, entmutigt zu sein, unfähig, die Augen zu schließen und zu schlafen.

In jener Nacht spielte ich zuerst ein Stück von Mozart, dann eines von Brahms und schließlich eine Beethoven-Sonate, doch selbst die schaffte es nicht, meinen Freund aufzuheitern.

»Versuch's mit einem anderen Stück«, sagte er.

»Was möchtest du hören?«

»Etwas Fröhlicheres.«

Ich überlegte, suchte in meinem kargen musikalischen Repertoire, jedoch ohne Erfolg. Dafür begann Luo, ein Revolutionslied zu summen. »Wie findest du das?« fragte er mich.

»Hübsch.« Und ich stimmte mit meiner Geige in das Lied ein. Es war ein tibetisches Lied, dessen Worte die Chinesen geändert hatten, um eine Lobeshymne auf den Großen Vorsitzenden daraus zu machen. Die Melodie hatte jedoch ihre Lebensfreude bewahrt, ihre unbezwingbare Kraft. Die Adaption hatte es nicht geschafft, die Seele des Liedes zu verfälschen. Luo sprang erregt aus dem Bett und begann zu tanzen und sich im Kreis zu drehen, während dicke Regentropfen durch die Lücken im Ziegeldach sickerten.

»Drei zu tausend«, dachte ich. »Drei Promille. Es bleibt mir eine Chance von drei Promille, und die Chance unseres melancholischen, tanzenden Rauchers ist noch geringer. Eines Tages vielleicht, wenn ich fleißig auf meiner Geige übe, wird mich ein kleines lokales oder regionales Propagandakomitee für die Aufführung roter Concertos engagieren. Aber Luo kann nicht Geige spielen, er kann nicht einmal Basketball oder Fußball spielen. Er hält keinen einzigen Trumpf in Händen, um sich der unbarmherzigen Konkurrenz der ›drei Promille‹ zu stellen. Schlimmer noch, er kann nicht einmal davon träumen.«

Was Luo meisterhaft konnte, war Geschichten erzählen, eine amüsante Begabung, gewiß, doch leider eine, die nicht zählte und kaum zukunftsträchtig war. Wir waren nicht mehr in der Zeit von Tausendundeiner Nacht. In unseren modernen Gesellschaften, ob sozialistisch oder kapitalistisch, gab es den Beruf des Geschichtenerzählers nicht mehr.

Der Berg des Phönix-des-Himmels war so weit von der Zivilisation entfernt, daß die Menschen, die an seinen Hängen lebten, noch nie einen Film gesehen hatten und auch nicht wußten, was ein Kino ist. Luo und ich hatten dem Laoban ein paarmal einen Film erzählt, und seither war er begierig auf Kinogeschichten. Eines Tages erkundigte er sich nach der nächsten monatlichen Filmvorführung in Yong Jing und beschloß, uns beide hinzuschicken. Zwei Tage hin, zwei Tage zurück. Wir mußten uns den Film gleich am Abend unserer Ankunft in der Kreisstadt ansehen. Im Dorf zurück, würden wir dem Laoban und allen Dorfbewohnern den Film von A bis Z in allen Einzelheiten erzählen müssen und genau so lang, wie die Vorführung dauerte.

Wir nahmen die Herausforderung an, doch wir schauten uns den Film vorsichtshalber zweimal hintereinander an. Die Vorführung fand auf dem Sportplatz des Gymnasiums statt, das für den Anlaß in ein Freiluftkino verwandelt worden war. Die jungen Mädchen aus der Stadt waren entzückend, doch wir konzentrierten uns in erster Linie auf die Leinwand, prägten uns die Dialoge ein, merkten uns die Kostüme und die kleinsten Gesten der Schauspieler, die Ausstattung jeder einzelnen Szene und sogar die Musik.

Nach unserer Rückkehr fand auf dem Hof vor unserem Pfahlhaus eine in der Geschichte des Kinos einmalige Filmvorstellung statt. Sämtliche Dorfbewohner waren anwesend. Der Laoban saß in der Mitte der ersten Reihe, seine lange Bambuspfeife in der einen Hand, Luos Wecker des irdischen Phönix in der anderen, um die Dauer unserer Vorführung auf die Sekunde genau zu kontrollieren.

Ich war krank vor Lampenfieber. Meine Rolle beschränkte sich darauf, nüchtern die Ausstattung jeder einzelnen Szene zu schildern. Luo hingegen entpuppte sich als begnadeter Erzähler: Er faßte die Handlung mit wenigen Worten zusammen, spielte abwechselnd verschiedene Rollen, ahmte Stimmen und Gesten der

Darsteller nach. Er führte Regie, hielt das Publikum in Spannung, bezog die Zuschauer mit ein, stellte Fragen und berichtigte die Antworten. Er unterschlug nichts. Als wir, besser gesagt, als er die Vorstellung auf die Sekunde genau beendete, konnte sich unser stürmisch applaudierendes Publikum vor Begeisterung nicht fassen.

»Kommenden Monat«, sagte der Laoban gönnerhaft lächelnd, »schicke ich euch zur nächsten Filmvorführung. Ich bezahl euch den gleichen Lohn wie für die Feldarbeit.«

Zunächst hielten wir das Ganze für eine willkommene Abwechslung. Wie hätten wir uns vorstellen können, daß unser Leben – Luos Leben zumindest – eine völlig andere Wendung nehmen würde.

Die Prinzessin des Phönix-des-Himmels trug ein Paar blaß rosafarbene Schühchen aus glänzendem, aber solidem Stoff, unter dem sich ihre Zehen abzeichneten, wenn sie mit dem Fuß den Tritt ihrer Nähmaschine bediente. Es waren gewöhnliche, billige Schuhe, in jener Berggegend jedoch, wo fast alle barfuß gingen, fielen sie auf. Sie wirkten raffiniert und teuer und ungeheuer elegant. Ihre Fesseln waren schmal und die Füße in den weißen Nylonsöckchen zierlich geformt.

Ihr Haar war zu einem langen, dicken Zopf geflochten mit einem leuchtendroten eingeflochtenen Satinband, das zu einer prächtigen, in ihrem Rücken baumelnden Schleife gebunden war.

Sie beugte sich über die Nähmaschine, deren glattes Tischblatt den Kragen ihrer weißen Bluse, ihr ovales Gesicht, den Glanz ihrer Augen widerspiegelte, der schönsten Augen des Bezirks Yong Jing, wenn nicht der ganzen Provinz.

Ein breites Tal trennte ihr Dorf von unserem Dorf. Ihr Vater, der einzige Schneider weit und breit, war nicht oft im geräumigen alten Haus anzutreffen, das Werkstatt und Wohnung zugleich war. Wenn eine Familie neue Kleider nähen lassen wollte, ging man zuerst nach Yong Jing Stoff kaufen, dann suchte man den alten Schneider in seiner Werkstatt auf, um über den Schnitt zu beraten, über den Preis zu verhandeln und den ihm für die Anfertigung genehmen Termin festzulegen. Am vereinbarten Tag holten ihn die Kunden respektvoll ab, von ein paar muskulösen Männern begleitet, die abwechselnd die Nähmaschine auf dem Rücken trugen.

Er besaß zwei Nähmaschinen. Die eine – die, die er von Dorf zu Dorf mitnahm – war ein altes Modell, auf dem weder die Marke noch der Name des Herstellers identifizierbar waren. Die andere, *Made in Shanghai,* war neu. Die ließ er für seine Tochter, die Kleine Schneiderin, zu Hause. Er nahm seine Tochter nie mit zu den Kunden, und dieser weise und unumstößliche Entschluß war für die zahlreichen jungen Bauern eine bittere Enttäuschung.

Er führte ein Mandarin-Leben. Wenn er in ein Dorf kam, herrschte Aufregung und Gedränge wie an einem Volksfest. Das vom Surren seiner Nähmaschine widerhallende Haus wurde zum Mittelpunkt des Dorfes und war für die jeweiligen Gastgeber die Gelegenheit, ihren Reichtum vorzuzeigen. Die köstlichsten Gerichte wurden für ihn gekocht, und wenn sein Besuch in die Zeit der Vorbereitungen für das Neujahrsfest fiel, schlachtete man sogar das Schwein. Er logierte reihum bei seinen verschiedenen Kunden und verbrachte oft ein oder zwei Wochen im gleichen Dorf.

Eines Tages wollten Luo und ich den Brillenschang besuchen, einen Jungen aus unserer Stadt, der in einem anderen Dorf umerzogen wurde. Es regnete; der steile, glitschige Weg war in milchigen Nebel gehüllt. Wir kamen nur langsam vorwärts und landeten immer wieder auf allen vieren im Schlamm. Als wir um eine Wegkrümmung bogen, kam uns unvermittelt eine Prozession mit einer schaukelnden Sänfte in ihrer Mitte entgegen. Hinter der vornehmen Tragchaise trottete ein Mann mit einer Nähmaschine auf dem Rücken. Der Besitzer der Nähmaschine beugte sich zu den Trägern hinunter, wahrscheinlich um sich zu erkundigen, wer wir waren.

Der Mann war klein, dürr, runzelig, aber trotz seines Alters offenbar noch sehr busper und voller Unternehmungslust. Seine Chaise, eine Art rudimentärer Palankin, war auf zwei lange, dicke Bambusstangen gebunden, die ausbalanciert auf den Schultern der zwei Träger lagen. Man hörte die Sänfte knarren und die Stangen knacken.

Als die Sänfte an uns vorbeikam, bückte sich der alte Schneider tief zu mir herunter, so daß ich seinen Atem an meinem Ohr spürte.

»Wai-o-lin!« rief er plötzlich laut.

Ich zuckte erschrocken zusammen.

Er lehnte sich schallend lachend in seinem Tragstuhl zurück wie ein exzentrischer kaiserlicher Hofbeamter auf Reisen.

»Wißt ihr, daß unser Schneider der am weitesten gereiste Mann in der Gegend ist?« fragte uns einer der Träger.

»In meinen jungen Jahren bin ich sogar bis nach

Yan'an gekommen, zweihundert Kilometer von Yong Jing entfernt«, erklärte der große Marco Polo. Er zeigte auf meinen Geigenkasten: »Mein Meister hatte ein solches Ding an der Wand hängen, um seinen Kunden zu imponieren.« Dann zog die kleine Prozession im Gänsemarsch weiter. Bevor er hinter der Wegkehre verschwand, wandte sich der Alte nochmals um.

»Wai-o-lin!« rief er uns schalkhaft zu.

Die Träger und die zehn Bauern in seinem Geleit warfen feierlich den Kopf in den Nacken und stießen einen langgezogenen Schrei aus, der eher wie ein schmerzlicher Seufzer denn wie ein englisches Wort klang:

»Waiii-ooo-liiin!«

Dann brachen sie in lausbübisches Gelächter aus, beugten sich nach vorn und setzten ihren Weg fort. Kurz darauf war der Zug im Nebel verschwunden.

Ein paar Wochen später suchten wir das Haus des Schneiders auf. Im Hof lief uns ein großer schwarzer Hund entgegen; er ließ uns nicht aus den Augen, bellte aber nicht. Wir betraten die Werkstatt. Der alte Schneider war wieder einmal unterwegs, und wir machten die Bekanntschaft seiner Tochter, der Kleinen Schneiderin. Wir fragten sie, ob sie Luos Hose um fünf Zentimeter verlängern könne, denn er war trotz der mangelhaften Ernährung, trotz der Schlaflosigkeit und seiner Zukunftsängste in die Höhe geschossen.

Er stellte sich der Kleinen Schneiderin vor und erzählte ihr von unserer Begegnung mit ihrem Vater, der unversehens aus dem Nebel aufgetaucht war – und konnte es sich natürlich nicht verkneifen, den englischen Akzent des Alten übertrieben nachzuahmen. Die Kleine Schneiderin lachte herzlich. Bei Luo war die Nachahmungsgabe vererbt.

Wenn sie lachte, blitzte in ihren Augen etwas Ursprüngliches auf, was mich an die scheuen Mädchen in unserem Dorf erinnerte. Ihr Blick hatte den Glanz von ungeschliffenen Edelsteinen, von unpoliertem Metall, ein Leuchten, das durch ihre langen Wimpern und die mandelförmigen Augen verstärkt wurde.

»Seid ihm nicht böse«, meinte sie, »er ist trotz seines Alters ein Junge geblieben.« Plötzlich zog ein Schatten über ihr Gesicht. Sie rieb mit der Fingerspitze auf dem Nähmaschinentisch herum. »Māmā ist zu früh gestorben«, fügte sie hinzu, »seither macht Bàbà nur noch das, was ihm Spaß macht.«

Das Oval ihres bronzen schimmernden Gesichts war vollkommen, fast edel. Sie war von sinnlicher, bezaubernder Schönheit. Wir konnten nicht anders: wir mußten einfach dort bleiben und ihr zuschauen, wie sie mit ihrem kleinen, zierlichen Fuß den Tritt ihrer Nähmaschine *Made in Shanghai* betätigte.

Die Werkstatt diente gleichzeitig als Laden und Eßzimmer; der Bretterboden war schmutzig und mit Spuckeklecksern übersät, was darauf schließen ließ, daß nicht jeden Tag aufgewischt wurde. Die fertigen Kleider hingen auf Bügeln an einem in der Mitte des Raums von Wand zu Wand gespannten Seil. In einer Ecke stapelten sich Stoffballen und zusammengelegte

Kleidungsstücke, die von einer Armee Ameisen belagert wurden. Im Raum herrschten Unordnung und absolute Unbekümmertheit.

Auf dem Tisch lag ein Buch, ein höchst ungewöhnlicher Gegenstand in dieser von Analphabeten bevölkerten Gegend. Ich hatte seit Ewigkeiten keine Buchseite mehr angerührt. Ich griff neugierig danach: Was für eine Enttäuschung! Es handelte sich um den Musterkatalog einer Stoffarbenfabrik.

»Liest du?« fragte ich die Kleine Schneiderin.

»Selten«, antwortete sie unbefangen. »Oh, ihr müßt nicht glauben, ich sei eine dumme Gans. Ich unterhalte mich sehr gern mit gebildeten Menschen. Mit Studenten aus der Stadt zum Beispiel. Ist euch nichts aufgefallen? Daß mein Hund nicht gebellt hat, als ihr hereingekommen seid? Er erkennt nämlich Menschen, die ich mag.«

Sie freute sich ganz offensichtlich über unseren Besuch. Sie stand von ihrem Hocker auf, machte im eisernen Herd in der Mitte des Zimmers Feuer, füllte einen Topf mit Wasser und stellte ihn auf den Herd. Luo, der den Blick nicht von ihr wenden konnte, fragte: »Was bietest du uns an? Tee oder kochendes Wasser?«

»Eher letzteres«, entgegnete sie verschmitzt.

Das war das unmißverständliche Zeichen, daß sie uns mochte. Wenn einen in jener Gegend jemand auffordert, Wasser zu trinken, bedeutet dies, daß man Eier ins kochende Wasser schlägt, Zucker hinzufügt und eine Suppe kocht.

»Weißt du, Kleine Schneiderin«, fragte Luo sie, »daß wir etwas gemeinsam haben, du und ich?«

»Wir zwei?«

»Ja. Wetten?«

»Was wetten wir?«

»Was du willst. Ich bin nämlich sicher, daß wir etwas gemeinsam haben.«

Sie überlegte kurz. »Wenn ich verliere, verlängere ich deine Hose umsonst.«

»Einverstanden«, sagte Luo. »Zieh deinen linken Schuh und das Söckchen aus.«

Sie blickte ihn erstaunt an, zögerte kurz, schlüpfte dann neugierig aus ihrem rosafarbenen Schühchen, streifte das weiße Söckchen ab. Zuerst kam eine schmale Fessel zum Vorschein, dann ein zierlich gewölbter Rist und schimmernde Zehennägel: ein kleiner, gebräunter, leicht durchscheinender, blaugeäderter Fuß. Der ungemein verführerische, schüchterne Fuß seiner gar nicht schüchternen Besitzerin.

Als Luo seinen schmutzigen, knochigen Fuß mit den schwarzen Zehennägeln neben den der Kleinen Schneiderin stellte, entdeckte ich tatsächlich eine Gemeinsamkeit: an beiden Füßen war die zweite Zehe länger als die übrigen.

Gegen drei Uhr nachmittags mußten wir aufbrechen, wollten wir bei Einbruch der Nacht in unserem Dorf sein; der Rückweg war lang und beschwerlich.

Unterwegs fragte ich Luo: »Gefällt sie dir? Die Kleine Schneiderin?«

Er stapfte stumm, mit gesenktem Kopf neben mir her, als hätte er meine Frage überhört. Ich ließ nicht locker: »Hast du dich in sie verliebt?«

»Hmm, sie ist ziemlich ungebildet ... zumindest zu ungebildet für mich!«

Ein kleines Licht bewegte sich langsam am Ende eines langen, engen, pechfinsteren Stollens. Zwischendurch schwankte der winzige Punkt, verschwand kurz, tauchte wieder auf. Wenn der Gang abwärts führte, sah man das Licht eine ganze Weile nicht mehr, und man hörte nur das Knirschen eines schweren, über den Schotterboden geschleppten Korbes und zwischendurch das endlos in der Finsternis widerhallende Stöhnen eines Mannes.

Plötzlich tauchte das Licht wieder auf, leuchtend wie das Auge eines Tiers, dessen vom Dunkel verschluckter Rumpf unsichtbar in der Nacht schwebte wie ein Alptraum.

Es war Luo mit einer um die Stirn gebundenen Karbidlampe, der auf der Kohlenzeche arbeitete. Er war nackt, nur mit einem Lederriemen gegürtet, der sich tief in sein Fleisch einschnitt. In diesem infernalischen Geschirr eingespannt, schleppte er einen großen ovalen Korb hinter sich her, der mit schweren Anthrazitbrocken beladen war. Zwischendurch war der Gang so niedrig, daß er auf allen vieren vorwärts kriechen mußte.

Auf halber Strecke löste ich ihn ab. Auch ich war nackt und bis in die kleinste Hautfalte schwarz vor

Kohlenstaub. Ich schob die Ladung, anstatt sie wie Luo hinter mir her zu schleppen. Um zum Ausgang des Tunnels zu gelangen, mußte man einen langen, steil ansteigenden Hang hinauf, doch an dieser Stelle war der Stollen zumindest höher. Luo half mir manchmal schieben. Wir kippten den Inhalt des Korbes an einen Kohlehaufen vor der Zeche und ließen uns in einer schwarzen Staubwolke erschöpft auf die Erde fallen.

Der Berg des Phönix-des-Himmels war für seine Berggoldzechen berühmt. (Sie hatten sogar die Ehre gehabt, als großzügiges Geschenk des ersten offiziellen Homosexuellen – eines Kaisers – an seinen Konkubinen in die Geschichte Chinas einzugehen.) Doch die schon lange stillgelegten Gruben verfielen. Die kleinen, handwerklich betriebenen Zechen gingen in den Gemeinschaftsbesitz der Dörfer über; sie wurden immer noch abgebaut und lieferten den Bergbewohnern Brennmaterial. Auch Luo und mir blieb, wie allen anderen jungen Städtern, diese zwei Monate dauernde Umerziehungsmaßnahme nicht erspart.

Offen gestanden: wir nahmen diese höllische Prüfung bereitwillig auf uns, um wegen der lächerlichen »drei Promille« im Rennen zu bleiben. Wir konnten uns ja nicht vorstellen, daß die Zeche untilgbare Spuren – physische und vor allem psychische – hinterlassen würde. Das kleine Kohlenbergwerk! Heute noch zittere ich vor Angst, wenn ich an diesen Ort des Grauens erinnert werde.

Mit Ausnahme des Grubenraums am Eingang, etwa zwanzig Quadratmeter mit einer niedrigen Decke, die mit rudimentär eingebrachten Balken und Pfählen abgesichert war, wies der Rest des Stollens, das heißt über siebenhundert Meter Schacht, keinerlei Verfestigung auf. Wir riskierten permanent, von Gesteinsbrocken erschlagen zu werden, und die drei Kumpel-Bauern, die die Flöze abtrugen, machten sich einen Spaß daraus, uns ständig von tödlichen Unfällen in der Grube zu erzählen.

Jeder Korb, den wir aus der Tiefe des Stollens zogen, war für uns eine Art russisches Roulett.

Eines Tages, als wir gemeinsam den kohlebeladenen Korb den steilen Hang hinaufschoben, hörte ich Luo neben mir sagen: »Ich weiß nicht, warum, seit ich hier bin, werde ich den Gedanken nicht los, daß ich in dieser Zeche sterbe.«

Ich wußte nicht, was antworten. Wir schoben keuchend unsere Ladung vor uns her, doch plötzlich spürte ich einen kalten Schauer über meinen Körper laufen. Luo hatte mich mit seiner Angst angesteckt.

Wir schliefen mit den Kumpel-Bauern in einer armseligen, unter einem überhängenden Felsen an den Berg gelehnten Hütte. Wenn ich am Morgen erwachte und Wassertropfen auf das Borkendach fallen hörte, sagte ich mir erleichtert: »Du bist noch am Leben.« Doch wenn ich zur Arbeit ging, war ich nie sicher, ob ich am Abend zurückkehren würde. Jede Lappalie, eine boshafte Bemerkung der Bergleute zum Beispiel, einer ihrer makabren Witze oder ein Wetterumschwung, nahm für mich die Bedeutung eines Orakels an, eines todverkündenden Zeichens.

Während der Arbeit hatte ich manchmal Visionen. Ich spürte plötzlich weichen Grund unter den Füßen und glaubte zu ersticken. War das vielleicht der Tod? Und meine Kindheit zog rasend schnell an mir vorbei, wie das bei Sterbenden der Fall sein soll. Der lehmig-gummige Boden dehnte sich bei jedem Schritt, ich hörte ohrenbetäubendes Krachen über meinem Kopf. Ich flüchtete, wahnsinnig vor Angst, auf allen vieren kriechend, während vor mir das Gesicht meiner Mutter aus der Dunkelheit trat, und gleich darauf schob sich das meines Vaters darüber. Es dauerte nur ein paar Sekunden, und die flüchtigen Erscheinungen verschwanden: Ich befand mich, nackt wie ein Wurm, in einem Stollengang, schob außer Atem meine Ladung zum Ausgang. Ich starrte auf die Erde: Im flackernden Licht meiner Karbidlampe sah ich eine verzweifelte Ameise, die, von Überlebenswillen getrieben, mühsam den Hang hinaufkletterte.

Eines Tages – es muß in der dritten Woche gewesen sein – hörte ich Schluchzen, sah aber niemanden. Es war kein verhaltenes Weinen und kein Wimmern, sondern ein haltloses, verzweifeltes Weinen. Das von den Stollenwänden zurückgeworfene Echo verwandelte sich in ein langgezogenes Schluchzen, das aus der Tiefe des Schachtes aufstieg, sich verdichtete und schließlich mit der Höllenfinsternis verschmolz.

Es war Luo, der weinte.

Nach der sechsten Woche wurde er krank. Als wir mittags unter einem Baum vor dem Eingang der Zeche saßen, sagte er, er friere. Und ein paar Minuten später zitterte seine Hand so heftig, daß er weder seine Eßstäbchen noch seine Reisschale halten konnte. Er stand auf, um sich in der Hütte hinzulegen, doch er konnte sich kaum auf den Beinen halten. Seine Augen blickten glasig. Er stand vor der weit offenen Hüttentür und rief, man solle ihn doch hineinlassen, was bei den Kumpel-Bauern Gelächter auslöste.

»Mit wem sprichst du?« fragten sie ihn. »Da ist doch keiner.«

In der Nacht klagte er, er friere immer noch, trotz der paar Decken und des riesigen qualmenden Kohlenofens. Es war eindeutig ein Malariaanfall.

Die Bauern berieten sich flüsternd. Sie wollten Luo zum Fluß tragen und ihn ins eisige Wasser werfen. Der Schock würde vielleicht eine heilende Wirkung haben. Doch der Vorschlag wurde verworfen aus Angst, der Kranke könnte in der Dunkelheit ertrinken.

Einer der Bauern ging hinaus und kehrte nach einer Weile mit zwei Zweigen in der Hand zurück, »einer vom Pfirsichbaum, der andere von der Trauerweide«, erklärte er. Er hieß Luo aufstehen, zog ihm Hemd und Unterhemd über den Kopf und peitschte mit den zwei Zweigen seinen bloßen Rücken aus. »Stärker!« riefen die anderen Bauern. »Stärker, sonst vertreibst du die Krankheit nicht.«

Die Zweige schwirrten abwechselnd durch die Luft und hinterließen dunkelrote Striemen auf Luos Haut. Er ließ die Schläge teilnahmslos über sich ergehen, als schaue er im Traum zu, wie jemand anders ausgepeitscht wurde. Ich wußte nicht, was in ihm vorging, doch ich hatte Angst, schreckliche Angst, denn ich erinnerte mich an seinen Satz im Stollen vor ein paar Wochen: »Ich weiß nicht, warum, seit ich hier bin, werde ich den Gedanken nicht los, daß ich in dieser Zeche sterbe.«

Der erste Auspeitscher bat erschöpft, jemand solle ihn ablösen. Doch niemand erbot sich. Die Männer waren müde nach ihrem Tagewerk; sie lagen auf ihren Pritschen und wollten schlafen. Also drückte er mir den Pfirsichbaumzweig und den Trauerweidenzweig in die Hand. Luo hob den Kopf. Sein Gesicht war fahl und auf seiner Stirn standen kleine Schweißtropfen. Wir blickten uns an. »Los, mach schon«, flüsterte er tonlos.

»Möchtest du nicht etwas ausruhen?« fragte ich ihn. »Schau doch, wie deine Hände zittern. Merkst du's nicht?«

»Nein«, sagte er und hielt eine Hand vor die Augen. »Ja, ich schlottere und friere wie ein alter Mann, der im Sterben liegt.«

Ich fand zuunterst in meiner Hosentasche einen Zigarettenstummel. Ich zündete ihn an, er griff danach, doch er war zu schwach und ließ ihn fallen. »Mist! Er ist so schwer«, murmelte er.

»Soll ich dich wirklich mit den Zweigen auspeitschen?«

»Ja, das wärmt mich ein bißchen.«

Ich wollte den glühenden Zigarettenstummel aufheben. Ich bückte mich, und plötzlich fiel mein Blick auf etwas Helles: Es war ein Briefumschlag mit Luos

Namen darauf. Ich hob ihn auf. Ich fragte die Bauern, was mit dem Brief sei. Ein Mann, der Kohlen kaufen gekommen war, hätte ihn vor ein paar Stunden hingelegt, antwortete einer der Männer schläfrig.

Ich öffnete ihn. Der knapp eine Seite lange Brief war mit Bleistift geschrieben. Die Schrift war einmal gedrängt, einmal in die Länge gezogen; die Schriftzeichen waren unbeholfen, aber diese Unbeholfenheit strahlte weibliche Sanftheit, kindliche Aufrichtigkeit aus. Ich las Luo den Brief vor.

Luo-der-Geschichtenerzähler:

Mach Dich nicht über meine Schrift lustig. Ich war nie auf der Oberschule. Die einzige Oberschule befindet sich in Yong Jing, und bis dorthin sind es zwei Tage. Bàbà hat mir Lesen und Schreiben beigebracht. Du kannst mich unter »abgeschlossene Grundschule« einreihen.

Ich habe kürzlich sagen hören, daß Du zusammen mit Deinem Freund wunderbar Filme erzählst. Ich bin zu unserem Laoban gegangen, und er hat mir versprochen, zwei Bauern zur kleinen Grube hinaufzuschicken, um Euch abzulösen. Und ihr zwei, ihr kommt in unser Dorf und erzählt einen Film.

Ich wollte selber hinaufkommen, Euch das mitzuteilen. Aber man hat mir gesagt, daß dort oben die Männer nackt sind und Mädchen nicht hin dürfen.

Ich bewundere Deinen Mut. Ich hoffe ganz fest, daß die Grube nicht einstürzt. Ich habe zwei Ruhetage für Euch herausgeholt. Das sind zwei gefährliche Tage weniger.

Auf bald. Grüß mir Deinen Freund, den Geiger.

Die Kleine Schneiderin.
Den 8. Juli 1972

Mein Brieflein ist zwar schon fertig, aber ich muß Dir noch etwas erzählen, was Dich gewiß interessiert. Seit Eurem ersten Besuch habe ich verschiedene Leute gesehen, die ebenfalls eine längere zweite Zehe haben. Ich bin etwas enttäuscht. Aber so ist das Leben eben.

Wir entschieden uns für *Das Kleine Blumenmädchen*. Von den drei Filmen, die wir im Freiluftkino auf dem Basketballfeld in Yong Jing gesehen hatten, hatte dieses nordkoreanische Melodrama von dem Kleinen Blumenmädchen beim Publikum am meisten Erfolg gehabt. Wir hatten ihn den Bewohnern unseres Dorfes erzählt, und am Ende, als ich, mit kehligem Vibrato die sentimentale Offstimme imitierend, den schicksalsschweren Schlußsatz sprach – »Das Sprichwort sagt: Ein aufrichtiges Herz kann selbst einen Stein zum Blühen bringen. War das Herz des Kleinen Blumenmädchens vielleicht nicht aufrichtig genug?« –, war die Wirkung ebenso ergreifend wie bei der Vorführung des Films: Sämtliche Zuhörer weinten; sogar der Laoban, immerhin ein abgebrühter, fünfzigjähriger Mann, schneuzte sich umständlich mit dem Handrücken, und aus seinem linken Auge mit den drei Blutstropfen strömten heiße Tränen.

Trotz seiner Malariarückfälle machte sich Luo, der sich bereits als Genesenden betrachtete, mit der Begeisterung eines Filmhelden mit mir auf den Weg ins Dorf der Kleinen Schneiderin. Doch unterwegs hatte er wieder einen Fieberanfall.

Trotz der Sonnenstrahlen, die mit ihrer Glut seine

Glieder peitschten, spürte er die Kälte wieder in ihm aufsteigen. Und auch am Feuer, das ich aus Zweigen und dürrem Laub mühsam angefacht hatte, wurde ihm nicht warm, im Gegenteil, er fror entsetzlich.

»Gehn wir weiter«, sagte er und stand zähneklappernd auf.

Das Rauschen eines Wildbachs, das Gekreische der Affen, die Schreie wilder Tiere begleiteten uns auf dem ganzen Weg. Luo fror und ein paar Minuten später schwitzte er. Als ich ihn auf die Felsnase zutaumeln sah, die steil vor uns abfiel, als ich sah, wie sich Erdklumpen unter seinen Füßen lösten und es eine Ewigkeit dauerte, bis man sie in der Tiefe aufprallen hörte, packte ich ihn und zwang ihn, sich auf einen Stein zu setzen und zu warten, bis der Fieberanfall vorüber war.

Als wir im Haus der Kleinen Schneiderin anlangten, stellten wir fest, daß der Alte erneut auf Reisen war, worüber wir nicht unglücklich waren. Der schwarze Hund beschnupperte uns und bellte auch diesmal nicht.

Luos Gesicht war knallrot wie ein Purpurapfel. Die Kleine Schneiderin erkannte meinen delirierenden, vom Fieber geschwächten Freund kaum wieder. Sie ließ auf der Stelle die erzählte Filmvorstellung absagen und brachte Luo in ihrem Zimmer, in ihrem Bett unter einem weißen Moskitonetz unter. Sie steckte ihren langen Zopf auf ihrem Scheitel zu einem hohen, spitzen Haarknoten. Dann schlüpfte sie aus ihren rosa Schühchen und lief barfuß aus dem Haus.

»Komm«, rief sie mir zu. »Ich kenne eine Pflanze, die gegen das Fieber hilft.« Es handelte sich um eine ganz gewöhnliche Wiesenpflanze, die an einem Bächlein am Dorfrand wuchs, eine kaum dreißig Zentimeter hohe Staude mit leuchtenden rosafarbenen Blüten, die ähnlich aussahen wie große Pfirsichblüten und sich im untiefen Wasser des Baches spiegelten. Die Kleine Schneiderin pflückte einen Armvoll der gezackten, entenfußförmigen Blätter.

»Wie heißt die Pflanze?« fragte ich sie.

»Reisschalenscherbe«, erklärte sie.

Sie zerstampfte die Blätter in einem weißen Steinmörser so lange, bis eine grünliche Paste entstand, mit der sie Luos linkes Handgelenk einrieb und mit einem langen, weißen Leinenstreifen umwickelte. Er ließ sie teilnahmslos gewähren.

Gegen Abend schien das Fieber nachzulassen, er atmete ruhiger und schlief schließlich ein.

»Glaubst du an … an diese Dinge?« fragte mich die Kleine Schneiderin zögernd.

»Was für Dinge?«

»Ich meine … übernatürliche Dinge.«

»Kommt drauf an. Manchmal ja, manchmal nicht.«

»Hast du vielleicht Angst, ich könnte dich denunzieren?«

»Überhaupt nicht.«

»Also?«

»Also, man kann weder ganz an sie glauben noch sie ganz leugnen.«

Meine Antwort befriedigte sie offenbar. Sie warf

einen Blick auf den in ihrem Bett unter dem Moskitonetz schlafenden Luo und fragte: »Was ist Luos Vater? Buddhist?«

»Ich weiß nicht. Er ist jedenfalls ein berühmter Zahnarzt.«

»Ein Zahnarzt?«

»Ja, ein Zahnarzt. Einer, der Zähne heilt.«

»Einer, der imstande ist, die versteckten Würmer aus den Zähnen zu entfernen, die einem weh tun?«

»Richtig«, antwortete ich todernst. »Ich verrate dir sogar ein Geheimnis, aber du mußt mir schwören, es niemand weiterzusagen …«

»Ich schwöre es …«

Ich beugte mich zu ihr herunter und wisperte ihr ins Ohr: »Luos Vater hat die Würmer aus den Zähnen des Großen Vorsitzenden Mao entfernt.«

»Ehrlich?« flüsterte sie andächtig.

»Ehrlich!«

Sie preßte die Lippen zusammen und dachte angestrengt nach. »Meinst du, er wird böse sein, wenn ich Hexen kommen lasse, damit sie heute nacht über seinen Sohn wachen?«

In langen, schwarzen und blauen Flatterröcken, das Haar mit Blumen besteckt und Jadearmbänder an den Handgelenken, versammelten sich gegen Mitternacht vier alte Weiber aus drei verschiedenen Dörfern an Luos Bett, zwei am Kopfende, zwei am Fußende, und beäugten ihn durch das Moskitonetz. Sie waren alle vier derart häßlich und runzelig, daß es schwierig war, sich vorzustellen, vor welcher die bösen Geister schließlich Reißaus nehmen würden. Die eine – eindeutig die verhutzelteste – hielt Pfeil und Bogen in der Hand. »Ich verspreche dir«, sagte sie zu der Kleinen Schneiderin, »daß es der böse Geist der kleinen Grube, der es auf deinen Freund abgesehen hat, heute nacht nicht wagen wird, hierher zu kommen. Mein Bogen kommt aus Tibet, und mein Pfeil hat eine silberne Spitze. Wenn ich ihn ab-schieße, schwirrt er wie eine fliegende Flöte pfeifend durch die Luft und durchbohrt die Brust der mäch-tigsten Dämonen.«

Doch sie hatten Mühe, wach zu bleiben, die vier Hexen, was in Anbetracht ihres hohen Alters und der späten Nachtstunde verständlich war. Sie begannen, eine nach der anderen, zu gähnen. Trotz des starken Tees, den unsere Gastgeberin ihnen gebraut hatte, nickte eine nach der anderen ein. Die Besitzerin des Bogens legte ihre magische Waffe aufs Bett, und ihre schlaffen, geschminkten Lider senkten sich über die Augen.

»Weck sie auf«, bat mich die Kleine Schneiderin. »Erzähl ihnen einen Film.«

»Welchen?«

»Egal. Sie müssen bloß wach bleiben.«

Und ich gab in dem von hohen Bergen eingeschlos-senen Dorf die ungewöhnlichste Vorstellung meines Lebens. Am Bett meines Freundes, der in einen un-

ruhigen Schlummer gefallen war, begann ich im flak-
kernden Licht einer Petroleumlampe für ein entzük-
kendes junges Mädchen und vier alte Hexen den nordkoreanischen Film vom Kleinen Blumenmädchen zu
erzählen. Ich tat mein Bestes. Es dauerte nicht lange,
und die Geschichte fesselte die Aufmerksamkeit meiner Zuhörerinnen. Sie stellten sogar Fragen.

Dennoch, Luos magisches Erzählertalent ging mir
ab. Ich war kein geborener Geschichtenerzähler. Ich
war nicht Luo. Nach einer halben Stunde, als das
Kleine Blumenmädchen sich verzweifelt abgemüht
hatte, etwas Geld aufzutreiben, und ins Krankenhaus
eilte, war die Mutter, nachdem sie weinend nach ihrer
Tochter gerufen hatte, gestorben. Gewöhnlich war
dies der Höhepunkt der Geschichte. Ob auf der Leinwand oder bei der Vorstellung in unserem Dorf: an
dieser Stelle begann das Publikum zu schluchzen.
Vielleicht waren die Hexen aus einem anderen Stoff.
Sie hörten mir zwar aufmerksam zu, ein bißchen
gerührt sogar, ja ich stellte sogar leichtes Erschauern
fest. Von Tränen jedoch keine Spur.

Frustriert fügte ich meiner Darbietung eine minu-
ziöse Schilderung der Hand des Kleinen Blumenmädchens hinzu: das Zittern, die ihren Fingern entgleiten-
den Geldscheine … Mein Publikum widerstand.

Plötzlich hörten wir eine Stimme hinter dem Moskitonetz, eine Stimme, die aus einem tiefen Brunnen
zu dringen schien. »Das Sprichwort sagt«, hörte ich
Luos kehliges Vibrato, »ein aufrichtiges Herz kann
selbst einen Stein zum Blühen bringen. Doch sagt,

war das Herz des Kleinen Blumenmädchens vielleicht nicht aufrichtig genug?«

Ich verlor vor Überraschung den Faden, um so mehr, als Luo den Schlußsatz zu früh gesprochen hatte. Doch … tatsächlich: Die vier Hexen weinten! Ihre Tränen rannen majestätisch über ihre runzeligen Wangen, rissen alle Dämme ein, verwandelten sich auf ihren verwitterten Gesichtern in einen Wildbach.

Was für ein Zauberer, dieser Luo! Er brauchte bloß fiebrig eine Offstimme an der falschen Stelle einzusetzen, und schon war sein Publikum überwältigt.

Je länger die Geschichte dauerte, desto mehr hatte ich das Gefühl, daß mit der Kleinen Schneiderin etwas geschehen war. Ich schaute genauer hin und stellte fest, daß ihr langer Zopf sich gelöst hatte und ihr Haar wie ein dichtes, glänzendes Vlies über ihre Schultern floß. Ich erriet unschwer, was Luo unter dem Vorhang hervor mit seiner fiebrigen Hand angestellt hatte.

Mit einem Mal brachte ein scharfer Luftzug die Lampe zum Verlöschen, im kurz aufflackernden Licht war mir, als hätte ich gesehen, wie die Kleine Schneiderin einen Zipfel des Moskitonetzes hob und sich in der Dunkelheit über Luo neigte.

Eine der Hexen stand auf und zündete die Lampe wieder an, und ich fuhr mit der Geschichte des koreanischen Blumenmädchens fort, während die tränenseligen alten Frauen Rotz und Wasser heulten und das Geschneuze kein Ende nahm.

2. KAPITEL

Der Brillenschang besaß einen geheimnisvollen Koffer, den er sorgfältig versteckte.

Das Dorf, in dem er umerzogen wurde, lag, unterhalb unseres Dorfes, an der Flanke des Berges des Phönix-des-Himmels. Abends gingen Luo und ich oft zu ihm kochen. Wenn wir ein Stück Fleisch oder eine Flasche Alkohol auftreiben konnten oder frisches, knackiges Gemüse in den Nutzgärten der Dorfbewohner geklaut hatten, teilten wir mit ihm. Wir bildeten sozusagen eine Dreierbande, daher wunderten wir uns um so mehr, daß er den Koffer vor uns versteckte.

Seine Familie wohnte in der gleichen Stadt wie unsere Eltern; sein Vater war Schriftsteller, seine Mutter Dichterin. Weil seine Eltern kürzlich in Ungnade gefallen waren, blieb auch ihrem geliebten Sohn eine Chance von drei zu tausend. Wir saßen alle drei im gleichen Boot.

Der Brillenschang war achtzehn. Die verzweifelte Situation, die er seinen Erzeugern verdankte, löste bei ihm permanente Angstzustände aus. Mit ihm zusammen wurde alles zu einer Gefahr. Wir kamen uns wie drei Schurken vor, die im Licht einer rußenden Petroleumlampe ein Verbrechen aushecken. Wenn wir zum

Beispiel gemeinsam kochten und es an seiner Tür klopfte, geriet er sogleich in Panik. Er sprang auf und lief hastig das köstlich duftende Fleisch verstecken, auf das wir drei Ausgehungerte uns wollüstig gefreut hatten, und stellte statt dessen einen jämmerlichen Teller gärendes Salzgemüse auf den Tisch. Fleisch essen war in seinen Augen ein typisches Laster der Bourgeoisie, zu der seine Familie gehörte.

Am Morgen nach der erzählten Kinovorführung für die vier Hexen fühlte sich Luo etwas besser und bestand darauf, nach Hause zurückzukehren. Die Kleine Schneiderin versuchte nur schwach, uns zurückzuhalten. Kein Wunder, sie war wohl zum Umfallen müde nach der aufregenden Nacht.

Nach dem Frühstück machten Luo und ich uns auf den Weg. Die feuchte Morgenluft war eine Wohltat für unsere glühenden Gesichter. Luo rauchte. Der Weg führte zuerst leicht abwärts, zog sich dann steil den Berg hoch. Ich nahm ihn bei der Hand, denn der Aufstieg war beschwerlich. Die Erde war glitschig; über unseren Köpfen breitete sich ein Ästegewirr aus. Als wir an Brillenschangs Dorf vorbeikamen, sahen wir ihn in einem Reisfeld arbeiten; er ging mit bloßem Oberkörper und einer bis zu den Knien reichenden Hose hinter dem Pflug.

Man sah die Furchen im bewässerten Reisfeld nicht, denn der reine, fette, fünfzig Zentimeter tiefe Schlamm lag unter einer reglosen, bläulich schimmernden Wasserfläche. Unser Pflüger hinter dem schwarzen Büffel, der mühsam den Pflug hinter sich herzog, versank bis zu den Waden im Schlamm. Die ersten Sonnenstrahlen spiegelten sich in seiner Brille.

Der Büffel war nicht besonders groß, sein Schwanz jedoch war ungewöhnlich lang; bei jedem Schritt wühlte er damit den Schlamm auf und bespritzte seinen unbeholfenen Meister mit Dreck. Dieser bemühte sich zwar nach Kräften, den Schwanzschlägen auszuweichen, doch eine Sekunde Unachtsamkeit genügte, und schon peitschte die Büffelschwanzquaste über sein Gesicht und wirbelte die Nasenchaise durch die Luft. Der Brillenschang fluchte, die Zügel entglitten seiner rechten Hand, seine linke Hand ließ den Pfluggriff los, er führte die Hände zu den Augen, heulte und fluchte wüst – wir trauten unseren Ohren nicht –, denn der Ärmste konnte ja nichts mehr sehen.

»Hei-hei«, riefen wir ihm winkend von der Straße aus zu. Doch er hörte uns nicht in seinem ohnmächtigen Zorn. Der Brillenschang war hochgradig kurzsichtig, und selbst wenn er die Augen riesig aufriß, war er nicht imstande, uns aus zwanzig Metern Entfernung zu erkennen und von den Bauern zu unterscheiden, die in den umliegenden Reisfeldern arbeiteten und sich über ihn lustig machten.

Er bückte sich, tauchte die Hände ins trübe Wasser und tastete blindwütig im Schlamm herum. Mir wurde fast angst, denn ich hatte ihn noch nie in einem solchen Zustand gesehen.

Der Brillenschang mußte den sadistischen Instinkt des Büffels geweckt haben, der inzwischen den Pflug herrenlos bis ans Ende des Feldes gezogen und gewendet hatte und nun schnaubend auf ihn zukam, als habe er vor, die weggefegte Brille zu zertrampeln oder mit der spitzen Pflugschar zu zersplittern.

Ich zog die Schuhe aus, krempelte die Hosenbeine hoch und stapfte ins Reisfeld, während mein Patient sich am Wegrand ausruhte. Obschon der Brillenschang mich vehement daran hindern wollte, ihm bei seiner an sich schon komplizierten Suche zu helfen, war schließlich ich es, der im Schlamm tastend auf die Brille trat. Sie war zum Glück noch ganz.

Als der Brillenschang die Welt wieder klar sah, war er über Luos jämmerlichen Zustand bestürzt. »Junge, Junge, du machst's wohl nicht mehr lange«, meinte er. Da er seine Arbeit nicht stehen- und liegenlassen konnte, schlug er vor, daß Luo und ich bei ihm zu Hause auf ihn warten sollen, bis er mit seiner Arbeit fertig war.

Er wohnte mitten im Dorf. Er besaß kaum persönlichen Besitz und sperrte daher seine Tür nie zu, um dadurch sein blindes Vertrauen in die revolutionären Bauern herauszustreichen. Das Haus, ein ehemaliger Speicher, stand auf Pfählen wie unseres, hatte aber einen Söller aus dicken Bambusrohren, auf dem Getreide, Gemüse oder scharfer Pfeffer getrocknet wurde. Wir setzten uns auf dem Söller in die Sonne. Zwischendurch verschwand die Sonne hinter den Bergen, und es wurde kühl. Luo fröstelte. Ich holte einen dicken Pullover aus Brillenschangs Stube, den ich Luo um die mageren Schultern legte und ihm die Ärmel um den Hals band.

Luo hörte nicht auf, vor Kälte zu zittern, obwohl die Sonne wieder hinter den Bergen hervorgetreten war. Ich ging also wieder ins Haus, um eine Bettdecke zu holen, überlegte mir dann aber, ich könnte nach einem zweiten Pullover suchen. Ich entdeckte eine große Holzkiste unter dem Bett, eine Art Plunderkiste, etwas höher als ein Koffer und mit ausgelatschten Sneakers und löchrigen, schlammsteifen Socken zugedeckt.

Ich zog sie unter dem Bett hervor; in den schräg ins Zimmer fallenden Sonnenstrahlen wirbelte Staub auf. In der Kiste befanden sich tatsächlich Kleider. Ich wühlte darin herum, um einen passenden Pullover für den abgemagerten Luo zu finden, als meine Finger plötzlich auf etwas Zartes, Geschmeidiges, Glattes stießen, was ich zuerst für wildlederne Frauenschuhe hielt.

Doch nein: es war ein Koffer. Ein eleganter, etwas abgewetzter Koffer. Ein von der Sonne beschienener Lederkoffer, der den fernen Duft von Zivilisation ausströmte.

Er war dreifach abgeschlossen. Er war nicht sehr groß, aber ziemlich schwer. Ich konnte mir einfach nicht vorstellen, was in dem Koffer sein könnte.

Als der Brillenschang, endlich von seinem hinterhältigen Büffel befreit, abends nach Hause kam, fragte ich ihn, was er denn für einen Schatz in dem Koffer unter dem Bett verstecke. Doch er überhörte meine Frage geflissentlich. Er war den ganzen Abend ungewöhnlich still und erwähnte den Koffer mit keinem

Wort. Als wir beim Essen saßen, schnitt ich das Thema nochmals an. Der Brillenschang schaute nicht von seinem Teller auf.

»Ich vermute, es sind Bücher drin«, sagte Luo plötzlich in die Stille. »Warum versteckst du ihn denn sonst so sorgfältig und schließt ihn dreifach ab? Da kommt doch jeder auf den Gedanken, daß da verbotene Bücher drin sind, oder?«

In Brillenschangs Augen flackerte kurz panische Angst auf; er rückte seine Brille zurecht, und sein Gesicht verwandelte sich in eine lächelnde Maske. »Du phantasierst wohl.« Er legte die Hand auf Luos Schläfe. »Du hast ja Fieber! Kein Wunder, daß du solchen Blödsinn daherredest. Hör mal, wir sind Freunde, wir haben Spaß miteinander, aber wenn du anfängst, von verbotenen Büchern zu schwafeln ... Scheiße, Mann.«

Am nächsten Tag kaufte der Brillenschang bei einem Nachbarn ein großes kupfernes Vorhängeschloss und sperrte von da an seine Tür immer sorgfältig mit einer Kette zu, die er durchs Schlüsselloch zog.

Zwei Tage später hatten die »Reisschalenscherben« der Kleinen Schneiderin Luos Malaria besiegt. Als er den Verband um sein Handgelenk abwickelte, kam eine glänzende, durchsichtige Blase von der Größe eines Vogeleis zum Vorschein. Sie schrumpfte nach und nach, und als nur noch eine schwarze Narbe auf seiner Haut zurückgeblieben war, hörten seine Fieberanfälle für immer auf. Um seine Genesung zu feiern, kochten wir beim Brillenschang ein Festessen. Wir blieben über Nacht bei ihm und schliefen alle drei auf seinem schmalen Bett, unter dem sich noch immer die Holzkiste befand (ich hatte natürlich nachgesehen), aber der Lederkoffer war verschwunden.

Brillenschangs erhöhte Wachsamkeit und sein Mißtrauen uns gegenüber schienen Luos Vermutung zu bestätigen: Der Koffer war bestimmt mit verbotenen Büchern gefüllt. Luo und mir ging die Sache nicht aus dem Kopf, und wir rätselten, um was für Bücher es sich handeln könnte. (Damals waren – mit Ausnahme von Maos Schriften und doktrinären politischen oder wissenschaftlichen Werken – alle Bücher verboten.) Wir stellten eine lange Liste möglicher Titel auf: Von den klassischen chinesischen Romanen – Jinpingmei, *Pflaumenblüten in goldener Vase,* das berühmte erotische Buch, *Die drei streitenden Reiche, Der Traum der roten Kammer* – über die Lyrik der Tang-, der Song-, der Ming- oder der Qing-Dynastie bis hin zur Dichtung der alten Maler, Zu Da, Shi Tao, Dong Qichang, Tao Qian … Wir listeten sogar die Bibel auf. Und die Worte der fünf Weisen, ein angeblich seit Jahrhunderten verbotenes Buch, in dem fünf mächtige Propheten der Zhou-Dynastie auf einem Heiligen Berg die Ereignisse der kommenden zweitausend Jahre voraussagten.

Wir löschten die Petroleumlampe in unserem Pfahlhaus oft erst nach Mitternacht, und jeder streckte sich rauchend auf seiner Pritsche aus. Wir flüsterten Namen in die Dunkelheit, und der Klang der Worte, die Reihenfolge der Silben beschworen fremde, geheimnisvolle Welten herauf – wie das tibetische Räucherwerk, dessen Name, »Zang Xiang«, man nur auszusprechen braucht, um den würzigen, intensiven Wacholderduft zu riechen, die Räucherstäbchen vor sich zu sehen, an denen sich langsam echte Schweißtropfen bilden, die im Lichtschein glänzen wie Tropfen flüssigen Goldes.

»Hast du schon von der westlichen Literatur reden gehört?« fragte mich Luo eines Tages.

»Nur wenig. Du weißt ja, meine Eltern interessieren sich nur für ihre Arbeit.«

»Meine Eltern auch. Doch vor der Kulturrevolution besaß meine Tante ein paar ins Chinesische übersetzte ausländische Bücher. Ich erinnere mich, daß sie mir einmal ein paar Stellen aus einem dicken Schmöker mit dem Titel *Don Quichotte* vorgelesen hat. Es war die Geschichte eines verschrobenen alten Ritters.«

»Und wo sind die Bücher jetzt?«

»In Rauch aufgegangen. Sie sind von den Roten Garden beschlagnahmt und öffentlich verbrannt worden. Gnadenlos. Direkt vor ihrem Haus.«

Wir rauchten stumm in der Dunkelheit. »Die Literatur«, dachte ich traurig. Wir hatten entschieden kein Glück. Als wir endlich fließend lesen gelernt hatten, gab es bereits nichts mehr zu lesen. Eine Zeitlang fand man in den Buchhandlungen in der Abteilung »Westliche Literatur« nur die Gesammelten Werke des albanischen Kommunistenführers Enver Hoxha; auf dem goldgeprägten Einband war das Porträt eines sorgfältig gescheitelten, grauhaarigen alten Mannes mit einem grellbunten Schlips abgebildet, der einen unter seinen faltigen Lidern aus einem braunen linken Auge und einem kleineren, hellbraunen rechten Auge mit blaßrosafarbener Iris anblickte.

»Warum erzählst du mir das alles«, fragte ich Luo.

»Nun ... ich frage mich, ob Brillenschangs Lederkoffer mit solchen Büchern gefüllt sein könnte ... mit westlicher Literatur.«

»Gut möglich. Sein Vater ist Schriftsteller, seine Mutter Dichterin. Sie müssen eine Unmenge Bücher besessen haben, so wie es bei dir und bei mir zu Hause jede Menge Bücher über westliche Medizin gab. Du glaubst doch nicht im Ernst, daß den Roten Garden ein Koffer voller Bücher entgangen sein könnte?«

»Warum nicht, wenn man schlau genug war, sie an einem sicheren Ort zu verstecken.«

»Das war verdammt riskant von seinen Eltern, den Koffer ihrem Sohn anzuvertrauen.«

»Deine und meine Eltern haben ja auch immer davon geträumt, daß wir Ärzte werden; seine Eltern möchten vielleicht, daß er Schriftsteller wird, und haben sich gesagt, daß diese Bücher für seine Zukunft wichtig sind.«

Eines Morgens zu Frühlingsanfang schneite es dicke weiße Flocken, und schon bald lag eine zehn Zentimeter dicke Schneedecke auf den Feldern. Das Dorf bekam vom Laoban arbeitsfrei. Luo und ich machten uns gleich auf den Weg zum Brillenschang. Wir hatten gehört, daß ihm ein Mißgeschick passiert war, seine Brillengläser seien zerbrochen.

Ich war sicher, daß er trotzdem zur Arbeit gegangen war. Er hatte furchtbare Angst vor den revolutionären Bauern, die ihn wegen seiner hochgradigen Kurzsichtigkeit als Schwächling oder, schlimmer noch, als Faulpelz hinstellen könnten, denn schließlich waren sie es, die eines Tages entscheiden würden, ob er genügend »umerzogen« war, also sein Schicksal in der Hand hielten. Der kleinste politische oder körperliche Fehler konnte fatale Folgen haben.

Sein Dorf hatte im Gegensatz zu unserem nicht arbeitsfrei. Die Bauern buckelten riesige, mit Reis gefüllte Hotten – die jährliche Steuerabgabe – ins zwanzig Kilometer entfernte Kreislagerhaus an einem Fluß, der in Tibet entsprang. Der Laoban hatte kurzerhand die Gesamtmenge Reis durch die Zahl der Dorfbewohner geteilt, so daß auf jeden einzelnen etwa sechzig Kilogramm kamen.

Als wir anlangten, hatte der Brillenschang gerade seine Hotte gefüllt und wollte losmarschieren. Wir warfen fröhlich mit Schneebällen auf ihn. Er schaute sich hilflos in alle Richtungen um, konnte uns aber nicht sehen. Ohne Brille traten seine kurzsichtigen Glupschaugen noch stärker hervor und erinnerten

mich an die trüben Augen eines verschüchterten Peki-
nesen. Er wirkte total erschöpft, noch bevor er seine
Reishotte auf den Rücken geladen hatte.

»Sag mal, spinnst du?« sagte Luo zu ihm. »Ohne
Brille siehst du nicht einmal, wo du den Fuß hinsetzt.«

»Ich hab meiner Mutter geschrieben. Sie wird mir
so schnell wie möglich eine neue Brille schicken. Ich
kann doch nicht einfach auf der faulen Haut liegen.
Schließlich bin ich zum Arbeiten hier. So sieht es zumindest der Laoban«, erklärte er hastig, als wolle er
seine Zeit nicht mit uns verplempern.

»Warte«, sagte Luo, »ich hab eine Idee. Wir tragen
deine Hotte ins Kreislagerhaus, und wenn wir zurück
sind, leihst du uns ein paar deiner im Koffer versteckten Bücher. Einverstanden?«

»Hau ab«, sagte der Brillenschang gehässig. »Ich
weiß nicht, wovon du redest, ich besitze keine versteckten Bücher.« Und er hievte wütend die schwere
Hotte auf den Rücken und stapfte davon.

»Wir geben uns auch mit einem Buch zufrieden«,
rief Luo ihm nach.

Der Brillenschang wandte sich nicht einmal um.

Er stürzte sich masochistisch in eine Kraftprobe,
der er, trotz seines verzweifelten Willens, körperlich
nicht gewachsen war. An manchen Stellen versank er
bis zu den Knöcheln im Naßschnee. Der Weg war glit-
schiger als sonst. Seine Glupschaugen starrten auf den
Boden, sahen aber die Steine nicht, auf die er die Füße
hätte setzen müssen. Er stolperte blindlings vorwärts.
Als der Weg abwärts führte, tastete er mit einem Fuß

nach festem Halt, das andere Bein vermochte das Gewicht der Hotte nicht zu tragen, knickte ein, und er fiel auf die Knie. Er versuchte verzweifelt, im Gleichgewicht zu bleiben, damit die Hotte nicht über seinen Kopf kippte, er strampelte mit den Füßen, schaufelte mit den geballten Fäusten den Schnee weg, rutschte auf den Knien Meter um Meter vorwärts, rappelte sich schließlich wieder auf die Beine.

Wir blickten ihm nach, wie er sich im Zickzack wie ein Betrunkener entfernte und nach ein paar Metern wieder stürzte. Die Hotte streifte einen Felsen am Wegrand und hopste gefährlich ein paarmal auf und ab. Wir liefen zu ihm hin und halfen ihm, den ausgeschütteten Reis einzusammeln. Keiner sagte ein Wort. Ich getraute mich nicht, ihn anzublicken. Er setzte sich auf die Erde, zog seine mit Schnee gefüllten Stiefel aus, leerte sie, versuchte, seine vor Kälte steifen Füße warm zu reiben. Er bewegte dabei pausenlos den gesenkten Kopf hin und her, als sei er bleischwer.

»Hast du Kopfschmerzen?« fragte ich ihn.

»Nein. Ich hab so ein Summen im Ohr ... Ist nicht weiter schlimm.«

Als wir den Reis eingesammelt hatten, säumten rauhe Eiskristalle die Ärmel seines Mantels. Ich sah Luo an: »Gehn wir?«

»Ja, hilf mir die Hotte aufladen. Ich friere, ein bißchen Gewicht auf dem Rücken wird mich wärmen.«

Wir lösten einander alle fünfzig Meter ab. Als wir die sechzig Kilogramm Reis im Lagerhaus ablieferten, waren Luo und ich halbtot vor Erschöpfung.

Bei unserer Rückkehr übergab uns der Brillenschang ein schmales, abgegriffenes Buch: einen Roman
von Balzac.

B *a-er-za-ke!* Der ins Chinesische transkribierte
Name des Autors setzte sich aus vier Ideogram-
men zusammen. Was für eine Magie, die Übersetzung!
Die harten, kriegerischen, aggressiven, kratzenden
Laute der zwei ersten Silben klangen mit einem Mal
sanfter. Die vier zierlichen, aus wenigen Strichen zu-
sammengesetzten Schriftzeichen reihten sich harmo-
nisch zu einem Wort von ungewöhnlicher Schönheit,
das einen exotischen, einen sinnlichen, einen betäu-
benden Duft ausstrahlte: das warme, volle Aroma
eines jahrhundertelang im Keller gelagerten Likörs.

(Ein paar Jahre später erfuhr ich, daß der Übersetzer ein berühmter Schriftsteller war, der aus politischen Gründen seine Werke nicht mehr veröffentlichen durfte und sein Leben dem Übersetzen der
Werke französischer Autoren gewidmet hatte.)

Hatte es den Brillenschang große Überwindung
gekostet, uns das Buch zu leihen? Hatte er absichtlich
dieses Buch gewählt? Hatte er sich vom Zufall leiten
lassen? Oder hatte er uns schäbig das dünnste, das zer-
lesenste gegeben? Was soll's, das Buch sollte jedenfalls
unser Leben tiefgreifend verändern – unser Leben
während unserer »Umerziehung« auf dem Berg des
Phönix-des-Himmels zumindest.

Das schmale Buch trug den Titel *Ursula Mirouët.*

Luo verschlang es gleich in der ersten Nacht. Als der Tag graute, hatte er es ausgelesen. Er löschte die Petroleumlampe, weckte mich und übergab es mir. Ich blieb den ganzen Tag im Bett, mit glühenden Ohren in die französische Liebesgeschichte vertieft, vergaß darüber zu essen und zu trinken und die ganze Welt um mich herum.

Ich war neunzehn und in Liebesdingen unerfahren, ich kannte vom Leben nichts anderes als das kommunistische Propaganda-Blabla – und plötzlich erzählte mir dieses kleine Buch wie ein aufwieglerischer Kobold von erwachendem Verlangen, von Sexualität, von der Liebe, von all den Dingen, die die Welt mir vorenthalten hatte.

Obwohl ich kaum eine Ahnung von jenem Land genannt Frankreich hatte (mein Vater hatte ein paarmal den Namen Napoleon erwähnt, das war alles), kam mir Ursulas Leben ebenso wirklich vor wie das meiner Nachbarn. Die üble Erb- und Geldintrige, die die Waise aus dem Haus ihres Pflegevaters vertrieb, erschien mir absolut realistisch. Ich brauchte nur einen Tag, um mich in Nemours heimisch zu fühlen, in Ursulas Haus, am brennenden Kamin, in Gesellschaft der Doktoren, der Geistlichen … Sogar der Abschnitt über den Magnetismus und den Somnambulismus erschien mir glaubhaft und aufregend.

Ich legte das Buch erst aus der Hand, als ich es fertig gelesen hatte. Luo war noch nicht nach Hause gekommen. Ich vermutete, daß er am Morgen früh zur Kleinen Schneiderin geeilt war, um ihr Balzacs wunderbare Geschichte zu erzählen. Ich stand auf und setzte mich auf die Türschwelle unseres Pfahlhauses, aß ein Stück Maisbrot und betrachtete die dunklen Umrisse des gegenüberliegenden Berges. Ich konnte die Lichter des Dorfes der Kleinen Schneiderin nicht sehen, sie waren zu weit weg, ich sah aber Luo vor mir, wie er ihr Balzacs Geschichte erzählte. Und plötzlich packte mich, zum ersten Mal in meinem Leben, bittere, verzehrende Eifersucht.

Es war kalt; ich fröstelte in meiner kurzen Lammfelljacke. Die Dorfbewohner waren beim Essen, schliefen oder trieben in der Dunkelheit geheimnisvolle Dinge. Um unser Haus herum herrschte tiefe Stille. Gewöhnlich genoß ich die Ruhe auf dem Berg und nutzte sie, um auf meiner Geige zu üben, an jenem Abend jedoch bedrückte sie mich. Ich ging wieder ins Haus. Ich holte die Geige hervor, doch sie brachte nur sägende, falsche Töne heraus, als hätte jemand die Tonleiter durcheinandergebracht.

Plötzlich kam mir eine Idee: Ich würde die schönsten Stellen aus *Ursula Mirouët* Wort für Wort abschreiben! Es war gewiß das erste Mal in meinem Leben, daß ich auf den Gedanken kam, ein Buch abzuschreiben. Ich suchte überall nach einem Stück Papier, doch ich fand nur ein paar Blätter, die für die Briefe nach Hause bestimmt waren.

Warum also nicht den Text auf die Lederseite meiner Lammfelljacke schreiben, die ich bei meiner Ankunft von den Dorfbewohnern bekommen hatte?

Die Haarseite war verfilzt und rauh und stellenweise abgewetzt. Die Lederseite war an gewissen Stellen rissig und dünn. Da die mir zur Verfügung stehende Fläche begrenzt war, mußte ich die Textstelle sorgfältig auswählen. Ich entschied mich für das Kapitel, in dem Ursula nachtwandelt. Wie gerne wäre auch ich ein Schlafwandler gewesen: In meinem Bett schlafen und sehen, was meine Mutter in unserer fünfhundert Kilometer entfernten Wohnung macht, zuschauen, wie meine Eltern zu Abend essen, die Farbe der Gerichte sehen, deren Duft einatmen, ihre Unterhaltung mit anhören ... Ja, schlafen und aufregende Orte sehen, wohin ich nie den Fuß gesetzt hatte.

Mit einem Füller auf das stumpfe, rauhe Fell eines alten Bergschafs schreiben ist gar nicht so einfach. Um möglichst viel Text abschreiben zu können, mußte ich mich mit kleinstmöglichen, knappsten Schriftzeichen begnügen, was höchste Konzentration verlangte. Als endlich die ganze Lederseite bis zu den Ärmeln bekritzelt war, schmerzten meine Finger, als wären sie gebrochen. Schließlich schlief ich über meiner Arbeit ein.

Luos Schritte weckten mich; es war drei Uhr morgens. Ich glaubte, noch nicht lange geschlafen zu haben, denn die Petroleumlampe brannte immer noch. Ich sah ihn wie durch einen Nebel hereinkommen.

»Schläfst du?«

»Fast.«

»Komm, ich zeig dir etwas.«

Er füllte die Petroleumlampe nach. Als der Docht vollgesaugt war, nahm er sie in die linke Hand, setzte sich mit flackerndem Blick und wirr in alle Richtungen abstehendem Haar auf die Bettkante. Er zog ein gefaltetes weißes Stück Stoff aus der Tasche.

»Hat die Kleine Schneiderin dir ein Taschentuch geschenkt?«

Als er das Stück Stoff feierlich auseinanderfaltete, stellte ich fest, daß es sich um einen Hemdzipfel mit einem von Hand aufgenähten Flicken handelte. Ein paar verschrumpelte Blätter waren darin eingewickelt, schöne, schmetterlingsförmige, orangefarben bis hellgoldgelb gesprenkelte Blätter mit bräunlichen Blutflecken.

»Ginkgoblätter«, sagte Luo fiebrig. »Von einem riesigen Baum zuhinterst in einem abgelegenen Tal östlich vom Dorf der Kleinen Schneiderin. Wir haben uns dort geliebt. An den Baum gelehnt … Im Stehen. Sie war noch Jungfrau, schau, ihr Blut ist auf die Erde getropft, auf die Blätter hier …«

Ich war wie vom Donner gerührt. Ich versuchte, mir den Baum, seinen majestätischen Stamm, das ausladende Astwerk, den Blätterteppich darunter vorzustellen … »Im Stehen?« fragte ich schließlich ungläubig.

»Ja, wie die Pferde. Vielleicht hat sie danach deswegen so gelacht, ein lautes, wildes Lachen, das im Tal widerhallte … sogar die Vögel sind erschrocken davongeflogen.«

Ursula Mirouët hatte uns die Augen geöffnet, und nachdem wir das Buch nochmals gelesen hatten, wurde es innerhalb der vereinbarten Leihfrist seinem rechtmäßigen Eigentümer, dem brillenlosen Brillenschang, zurückgegeben. Wir hatten uns in der Illusion gewiegt, er würde uns auch die anderen in seinem Geheimkoffer versteckten Bücher leihen. Hatten wir ihm nicht etwa aus der Bredouille geholfen, als er hilflos im Dreck saß? Doch er schien nicht im Traum daran zu denken. Wir besuchten ihn, wann immer wir Zeit hatten, schmeichelten ihm, spielten ihm auf der Geige vor … Nichts zu machen.

Die neue Brille, die ihm seine Mutter geschickt hatte, befreite ihn schließlich von seiner Halbblindheit – und machte alle unsere Illusionen zunichte.

Verdammt, hätten wir ihm das Buch bloß nicht zurückgegeben. »Wir hätten's behalten sollen«, sagte Luo finster. »Ich hätte es der Kleinen Schneiderin vorgelesen, Seite für Seite. Sie wäre zu einem kultivierten jungen Mädchen geworden. Ich bin überzeugt.«

Luo hatte sich nämlich an einem arbeitsfreien Tag meine Lammfelljacke geborgt – wir tauschten oft unsere Kleider –, weil er sich mit der Kleinen Schneiderin am gewohnten Ort unter dem Ginkgobaum im Tal der Liebe verabredet hatte.

»Ich habe ihr Balzacs Text Wort für Wort vorgelesen«, erzählte er mir anschließend, »und sie hat deine Jacke genommen und, stumm die Lippen bewegend, den ganzen Text nochmals gelesen. Die Blätter raunten leise über unseren Köpfen, in der Ferne rauschte ein Wildbach. Die Sonne schien, der Himmel war durchscheinend blau. Dann hat sie lange mit offenem Mund versonnen dagestanden, die Jacke wie ein aufgeschlagenes Buch in den ausgestreckten Händen, als handle es sich um einen geweihten Schrein.

Der alte Balzac ist ein Zauberer, weißt du? Er hat seine unsichtbare Hand auf den Kopf der Kleinen gelegt; sie war wie verwandelt; es hat eine ganze Weile gedauert, bis sie in die Wirklichkeit zurückgekehrt ist. Ja sie ist sogar in deine verdammte Jacke geschlüpft – sie steht ihr im übrigen gar nicht schlecht – und hat gesagt, die Berührung von Balzacs Worten auf ihrer Haut bringe ihr Glück und Klugheit. Verstehst du jetzt, was ich meine?«

Wir waren so hingerissen von der Reaktion der Kleinen Schneiderin, daß wir erst recht bereuten, das Buch zurückgegeben zu haben. Doch bis sich uns eine neue Gelegenheit bot, an den Koffer zu kommen, mußten wir bis Sommeranfang warten.

Es war wiederum an einem arbeitsfreien Tag. Der Brillenschang hatte ein Feuer im Hof vor seinem Pfahlhaus gemacht und einen großen Wasserkessel auf vier Steine gestellt. Luo und ich fragten uns erstaunt, was zum Teufel er vorhatte.

Er begrüßte uns nicht einmal. Er wirkte übernächtigt und entmutigt. Als das Wasser im Topf sprudelte, zog er angewidert seine Jacke aus, knüllte sie zusammen, tauchte sie in den Kessel und hielt sie mit einem langen Stock unter Wasser. In Dampf gehüllt, schwenkte er ununterbrochen die arme Jacke im kochenden Wasser: schwarze Blasen, Tabakkrümel und pestilenzialischer Gestank stiegen an die Oberfläche.

»Sag, kochst du Flohsuppe?«

»Ja, ich habe auf der Felszinne über der Tausend-Meter-Schlucht Unmengen aufgelesen.«

Wir hatten von dem Felsen reden hören, waren aber nie dort gewesen. Er war mindestens einen halben Tag Fußmarsch von unserem Dorf entfernt.

»Was hast du denn dort oben gemacht?«

Der Brillenschang antwortete nicht. Er zog nacheinander sein Hemd, sein T-Shirt, seine Socken aus und tauchte alles ins kochendheiße Wasser. Sein schmächtiger, knochiger Körper war mit großen roten Flecken übersät und von seinen Fingernägeln blutig gestriemt.

»Die Flöhe auf dem verdammten Berg sind höllisch. Sogar in die Nähte meiner Klamotten haben sie Eier gelegt«, schimpfte der Brillenschang.

Er streckte uns seine Hose hin. Lieber Himmel! In den Nähten klebten dicke, wie Flußperlenschnüre schimmernde Nissenstränge. Allein schon vom bloßen Hinsehen lief mir Gänsehaut über den Rücken.

Nebeneinander vor der Feuerstelle kauernd, unterhielten Luo und ich das Feuer, wir schoben Holzscheite unter den Topf, während der Brillenschang mit dem Stock seine Kleider im blubbernden Wasser schwenkte. Schließlich ließ er sich dazu bewegen, uns das Geheimnis seines Ausflugs auf die Felszinne über der Tausend-Meter-Schlucht zu verraten.

Er hatte vor zwei Wochen einen Brief von seiner Mutter erhalten, der Dichterin, die einst in unserer Provinz für ihre Oden an den Nebel, den Regen und die keuschen Erinnerungen an die erste Liebe berühmt gewesen war. Sie teilte ihm mit, einer ihrer Freunde von früher sei zum Chefredakteur einer revolutionären Literaturzeitschrift ernannt worden, und er habe ihr, trotz ihrer heiklen Situation, versprochen, sein Möglichstes zu versuchen, um unseren Brillenschang bei seiner Zeitschrift unterzubringen. Damit nicht der Eindruck entstand, er protegiere ihn, habe er sich bereit erklärt, vorerst einmal Volkslieder zu veröffentlichen, die der Brillenschang *in situ* zusammengetragen hatte, authentische Lieder der Bergbevölkerung also, unverfälscht und von revolutionärer Romantik getragen.

Seit diesem Brief lebte der Brillenschang in einem Wachtraum. Er war ein anderer Mensch. Zum ersten Mal in seinem Leben sah er strahlende Hoffnung am Horizont aufsteigen. Er weigerte sich, zur Feldarbeit zu gehen, um sich statt dessen verbissen auf die einsame Jagd nach alten Volksliedern der Bergbevölkerung zu machen. Er war überzeugt, daß er eine umfangreiche Sammlung würde zusammenstellen können, dank der er sich bereits in der Redaktion des einstigen Verehrers seiner Mutter sah. Doch nach einer Woche hatte er nicht die kleinste Strophe aufgezeichnet, die würdig gewesen wäre, in einer offiziellen revolutionären Literaturzeitschrift veröffentlicht zu werden.

Er hatte seiner Mutter geschrieben, um ihr, vor bitterer Enttäuschung flennend, von seinem Mißerfolg zu berichten. Als er dem Postboten den Brief übergeben wollte, erzählte der ihm von einem alten Bergler, der sämtliche Volkslieder der Region kannte, einem alten, ungebildeten Sänger, einem echten Meister auf diesem Gebiet. Der Brillenschang hatte den Brief zerrissen und war erneut zur Jagd aufgebrochen.

»Der Alte ist eine Saufnase und mausarm«, erklärte uns der Brillenschang, »mausarm, sag ich euch, ich hab in meinem Leben noch nicht einen so bettelarmen Menschen gesehen. Wißt ihr, was er zu seinem Schnaps ißt? Kiesel! Ich schwör's euch auf den Kopf meiner Mutter! Kiesel! Er taucht sie in Salzwasser, steckt sie in den Mund, lutscht kräftig daran herum und spuckt sie wieder aus. ›Jadebouletten an Müllerinnensauce‹ nennt er das. Er hat sie mir zum Kosten angeboten, aber ich hab abgelehnt. Nun ja … ich konnt ja nicht wissen, daß er so empfindlich ist. Daraufhin war er total eingeschnappt. Ich konnte tun, was ich wollte, ihm jede Menge Geld anbieten: er hat mir nicht das kleinste Lied vorgesungen. Zwei geschlagene Tage bin ich in seiner Mühle geblieben in der Hoffnung, ihm ein paar Strophen zu entlocken. Ich hab sogar in seinem Bett geschlafen, mit einer Decke, die offenbar seit Jahrzehnten nicht mehr gewaschen worden ist.«

Was für ein Bild: Unser Brillenschang auf dem von gierigem Ungeziefer wimmelnden Bett, der kein Auge zutut aus Angst, der alte Müller könnte – man weiß ja nie – im Schlaf authentische, unverfälschte Lieder singen. Die in der Dunkelheit aus allen Ritzen stürmenden Flöhe, die sich auf den Brillenschang stürzen, gierig sein Blut saugen, auf seinen spiegelglatten Brillengläsern Schlittschuh laufen ... Der Alte, der sich auf seinem Lager auf die eine, dann auf die andere Seite kehrt, rülpst, hustet ... Unser James Bond hält den Atem an, bereit, seine winzige Taschenlampe anzuknipsen, um sich heimlich Aufzeichnungen zu machen ... Und schon schnarcht der Alte wieder im Takt seiner nie stillstehenden Mühlräder.

»Mir ist eben ein Gedanke gekommen«, sagte Luo gelassen. »Wenn wir es schaffen, deinem Müller Volkslieder abzulocken, leihst du uns dann weitere Bücher von Balzac?«

Der Brillenschang antwortete nicht gleich. Er starrte durch seine beschlagene Brille ins schwarze, bullernde Wasser im Kessel, als sei er von den zwischen den Blasen Purzelbäume schlagenden Flöhen hypnotisiert.

Endlich hob er den Kopf und fragte Luo: »Wie wollt ihr das anstellen?«

Hättet ihr mich an jenem Sommertag des Jahres 1973 auf dem Weg zur Felszinne über der Tausend-Meter-Schlucht gesehen, hättet ihr gedacht, ich sei geradewegs einem offiziellen Foto des Nationalen Volkskongresses entstiegen oder dem Hochzeitsfoto echter revolutionärer Kaderbrautleute. Ich trug einen hochgeschlossenen marineblauen Rock mit dunkelgrauem Kragen, den unsere Kleine Schneiderin für mich genäht hatte. Er war eine bis ins kleinste Detail haargenaue Kopie der Uniform des Großen Vorsitzenden, vom Kragen über die Taschen bis zu den Ärmeln, die mit drei hübschen, kleinen goldenen Knöpfen geschmückt waren; wenn ich die Arme bewegte, spiegelten sie das Licht wider. Um mein jugendlich-anarchistisches, nach allen Seiten borstig abstehendes Haar zu verstecken, hatte mir unsere Kleine Kostümière eine alte Schirmmütze ihres Vaters aufgesetzt, die durch ihr intensives Grün an die der Offiziere der Volksbefreiungsarmee erinnerte. Sie war bloß zu klein für mich; ich hätte mindestens die nächstgrößere Nummer gebraucht.

Luo hingegen trug – wie es seine Rolle eines Sekretärs erforderte – eine verwaschene Soldatenuniform. Er hatte sie von einem jungen Bauern entliehen, der seinen Wehrdienst abgeleistet hatte. An seiner Brust war eine feuerrote Medaille geheftet, auf der ein vergoldeter Maokopf mit glatt nach hinten geklatschtem Haar prangte.

Unterwegs hätten wir uns beinahe in einem Bambusdickicht verirrt. Das hohe, regenglänzende Rohr umzingelte uns, schlug über unseren Köpfen zusammen und strömte den beißenden Geruch unsichtbarer Raubtiere aus. Zwischendurch hörte man das leise, geheimnisvolle Knacken der wachsenden Schößlinge. Kräftige Bambusrohre können anscheinend an einem einzigen Tag dreißig Zentimeter wachsen.

Die Mühle des alten Sängers stand direkt über dem tosenden Wildbach, der von dem hohen Felsen der Tausend-Meter-Schlucht zu Tale stürzt; mit ihren riesigen ächzenden Rädern aus weißem, schwarzgeädertem Stein, die sich mit typisch bäuerlicher Gemächlichkeit im Wasser drehten, sah sie aus wie ein Relikt aus uralten Zeiten.

Der Bretterfußboden im Untergeschoß zitterte. Stellenweise konnte man durch die alten, morschen Dielen das unter uns zwischen den großen Steinen strudelnde Wasser sehen. Das Echo des kreischenden Rades hallte in unseren Ohren. Ein alter Mann mit bloßem Oberkörper war damit beschäftigt, Getreide in die Mühlgosse zu schütten; er unterbrach seine Arbeit und musterte uns mißtrauisch. Ich begrüßte ihn höflich, aber nicht im Dialekt unserer Provinz, sondern – genau wie in einem Film – auf Mandarin.

»Was für eine Sprache redet der Kerl«, fragte der alte Müller Luo, meinen Sekretär.

»Die offizielle Sprache«, antwortete Luo, »die Sprache Beijings. Habt Ihr die noch nie gehört?«

»Beijing? Was zum Teufel ist das?«

Die Frage brachte uns aus dem Konzept, doch als wir begriffen, daß er wirklich nicht wußte, was Beijing war, lachten wir uns bucklig. Einen Moment lang beneidete ich ihn fast um seine Ahnungslosigkeit.

»Peiping, sagt Euch das etwas?« fragte ihn Luo.

»Bei Ping?« sagte der Alte. »Sicher, das ist die große Stadt des Nordens.«

»Die Stadt heißt seit über zwanzig Jahren nicht mehr so, Väterchen«, erklärte ihm Luo. »Und dieser Herr spricht die offizielle Sprache Bei Pings, wie Ihr die Stadt nennt.«

Der Alte wandte sich mir respektvoll zu. Er musterte meinen Maorock, vor allem die drei kleinen Knöpfe an den Ärmeln. Er berührte sie vorsichtig. »Wozu sind die kleinen Dinger«, fragte er mich.

Luo übersetzte die Frage. Ich antwortete in meinem radebrechenden Mandarin, ich hätte keine Ahnung. Mein Übersetzer erklärte dem alten Müller, die Knöpfe seien das Emblem der revolutionären Kader, der echten! »Dieser Herr aus Bei Ping«, fuhr Luo mit der Ruhe eines mit allen Wassern gewaschenen Bauernfängers fort, »ist in unsere Provinz gekommen, um alte Volkslieder zu sammeln, und jeder Staatsbürger, der solche kennt, hat die Pflicht, sie ihm vorzutragen.«

»Den alten Berglerkram?« fragte der Alte mißtrauisch. »Das sind keine Lieder, bloß Reime, Reime aus uralten Zeiten.«

»Genau das sucht der Herr, authentische, unverfälschte Reime.«

Der alte Müller runzelte kurz die Stirn, musterte mich dann verschmitzt lächelnd.

Ich nickte heftig.

»Der Herr will, daß ich ihm Schweinkram vorsinge? Denn unsere Berglerlieder, o-mei, das ist bekannt, die sind ...«

Er wurde durch das Eintreffen von ein paar mit großen Hotten beladenen Bauern unterbrochen.

Mir wurde ziemlich mulmig und meinem Dolmetscher ebenfalls. »Hauen wir ab?« flüsterte ich ihm ins Ohr. Doch schon fragte der Alte Luo: »Was hat er gesagt?« Ich spürte, wie mir die Röte ins Gesicht stieg, um meine Verlegenheit zu verbergen, stürzte ich den Bauern entgegen, als wollte ich ihnen behilflich sein, die Hotten abzuladen. Es waren ihrer sechs. Ich hatte keinen von ihnen je in unserem Dorf gesehen, sie konnten uns also unmöglich kennen. Mir fiel ein zentnerschwerer Stein vom Herzen. Sie stellten schwerfällig ihre mit Mais beladenen Hotten auf die Erde.

»Kommt, kommt, ich stelle euch einem jungen Mann aus Bei Ping vor«, rief der alte Müller den Bauern zu. »Schaut die drei Knöpfe an seinen Ärmeln?« Der alte Einsiedler packte mich strahlend am Handgelenk, hob meinen Arm hoch und schwenkte ihn vor ihren Augen, damit sie die verflixten gelben Knöpfe aus der Nähe bestaunen konnten. »Wißt ihr, was die bedeuten?« rief er und hüllte uns in eine Schnapsfahne ein. »Es ist das Kennzeichen eines revolutionären Kaders!« erklärte er wichtig.

Ich hätte nie geglaubt, daß der ausgemergelte Alte soviel Kraft haben könnte; seine schwielige Hand brach mir beinahe das Handgelenk, derweil Luo-der-Bauernfänger unentwegt, tiefernst wie ein offizieller Dolmetscher, hin und her übersetzte. Ich mußte wie ein Staatsoberhaupt im Film jedem kräftig die Hand schütteln und eifrig kopfnickend ein paar Worte in meinem kläglichen Mandarin an sie richten.

In meinem ganzen Leben hatte ich mich noch nicht zu einer solchen Farce hinreißen lassen. Ich bedauerte unseren Inkognito-Besuch aus tiefstem Herzen. Und dies alles bloß, um Brillenschangs unmögliche Aufgabe zu erfüllen!

Vor lauter Nicken fiel meine grüne Schirmmütze – oder vielmehr die des alten Schneiders – herunter.

Endlich verabschiedeten sich die Bauern und ließen eine Tonne Maiskörner zurück, die gemahlen werden mußten.

Ich war total erledigt und dies um so mehr, als die zu kleine Mütze meinen Kopf umschloß wie ein eiserner Reifen und ich davon Migräne bekam.

Der alte Müller führte uns über eine Stiege, an der zwei oder drei Sprossen fehlten, ins obere Stockwerk.

Er stürzte sich auf einen Binsenkorb, aus dem er eine mit Schnaps gefüllte Kalebasse und drei Becher zog. »Hier staubt's weniger«, meinte er lächelnd. »Trinken wir 'n Schluck.«

Der Bretterboden des großen, düsteren Raumes war über und über mit kleinen Kieselsteinen bedeckt: Brillenschangs »Jadebouletten«. Auch in diesem Raum gab es weder Stuhl noch Hocker, noch sonstige Möbel, abgesehen von einem breiten Bett; die Wand hinter dem Bett war mit einem rötlichgelben, schwarzgefleckten Pantherfell bespannt, an dem ein Musikinstrument hing, eine Art dreisaitige Bambusviola.

Der alte Müller forderte uns auf, uns aufs Bett zu setzen: das Bett, das unserem Vorgänger, dem Brillenschang, dem grausamen Besitzer des Lederkoffers, eine juckende Erinnerung und rote, höllisch brennende Flecken hinterlassen hatte.

»Wollen wir uns nicht lieber draußen hinsetzen«, stammelte Luo, der gräßliche Angst hatte, auf den Kieseln auszugleiten, »hier drinnen ist's etwas dunkel …« Ich warf meinem Dolmetscher einen strafenden Blick zu.

»Keine Sorge«, meinte der alte Mann fröhlich. Er zündete eine Petroleumlampe an und stellte sie mitten aufs Bett. Da sie fast leer war, verschwand er kurz und kehrte mit einer mit Lampenöl gefüllten Kalebasse zurück. Er goß die Hälfte in die Lampe und stellte die Kalebasse aufs Bett.

Alle drei auf den Fersen um die Lampe hockend, prosteten wir uns zu und tranken den Becher in einem

Zug aus. Die Bettdecke direkt hinter mir war zusammen mit schmutziger Wäsche zu einem unförmigen Knäuel gerollt. Ich spürte kleine Insekten unter der Hose an meinem Bein hochklettern. Als ich, ungeachtet des Protokolls, das mein offizieller Rang erforderte, unauffällig die Hand unter das Hosenbein schob, kribbelte es an meinem anderen Bein hoch. Ich hatte den Eindruck, Legionen von Biesterchen würden auf meinem Körper zusammenlaufen, begeistert, zur Abwechslung mal etwas anderes vorgesetzt zu bekommen, entzückt über den Festschmaus, den ihnen meine Adern großzügig spendierten. Vor meinen Augen zog flüchtig das Bild des großen Wasserkessels vorbei, in dem Brillenschangs Kleider an die Oberfläche stiegen, auf den Topfboden strudelten, sich im blubbernden schwarzen Wasser ineinander verschlangen und meinem prächtigen Mao-Rock Platz machten.

Der alte Müller ließ uns einen Moment inmitten der anstürmenden Flohbataillone allein, kehrte dann mit einem Teller, einer kleinen Schale und drei Paar Eßstäbchen zurück. Er legte alles neben die Lampe und setzte sich wieder aufs Bett.

Weder Luo noch ich hatten uns auch nur eine Sekunde lang vorgestellt, daß der Alte sich trauen würde, den gleichen Scherz mit uns zu treiben. Zu spät. Der Teller auf dem Bett war bis obenauf mit harmlosen, kleinen polierten Kieselsteinen in allen Graugrün-Schattierungen gefüllt, und die Schale enthielt eine klare, im Licht der Petroleumlampe durchscheinende Flüssigkeit. Den dicken, kristallisierten Körnern auf dem Boden der Schale nach zu schließen, mußte es sich um die berühmte Salzsauce handeln. Die angriffslustigen Flöhe dehnten ihr Schlachtfeld aus und drangen bis unter meine Schildmütze vor, ich spürte, wie sich meine Haare vom unerträglichen Juckreiz sträubten.

»Bitte bedient euch«, sagte der Alte. »Das ist meine tägliche Mahlzeit: Jadebouletten an Müllerinnensauce.« Und er griff munter nach den Eßstäbchen, fischte einen Kiesel aus dem Teller, tauchte ihn andächtig in die Sauce, führte ihn zum Mund und lutschte genüßlich daran herum. Ich sah den Kiesel hinter den geschwärzten Zähnen des Alten hin und her rollen, dann verschwand er in der Tiefe des Gaumens, tauchte gleich wieder auf – und der Alte spuckte ihn in weitem Bogen aus dem Mundwinkel aus.

Luo zögerte kurz, griff dann ebenfalls nach den Eßstäbchen und kostete, angenehm überrascht, seine erste Jadeboulette. Der Herr aus Bei Ping tat es ihm nach. Die Sauce war nicht zu salzig, und der Kiesel ließ einen süßlichen, leicht bitteren Geschmack im Mund zurück.

Der Alte füllte ständig unsere Schnapsbecher nach und forderte uns ein ums andere Mal auf, mit ihm ex zu trinken, während die ausgespuckten Kiesel mit einem harten, klaren, fröhlichen Klicken auf den bereits herumliegenden aufschlugen.

Der Alte war in Hochform. Eins mußte man ihm lassen: Sein Auftreten war hochprofessionell. Zuerst ging er hinaus, um das ohrenbetäubend kreischende Rad anzuhalten. Dann schloß er das Fenster, um die Akustik zu verbessern. Er zog seinen Gürtel – eine Schnur aus geflochtenem Stroh – fester und holte endlich sein dreisaitiges Instrument von der Wand. Die Vorstellung konnte beginnen.

»Ihr wollt also alte Reime hören?« fragte er.

»Ja, im Auftrag einer offiziellen revolutionären Literaturzeitschrift«, gestand Luo. »Nur Ihr könnt uns retten, Väterchen. Wir brauchen authentische, unverfälschte, von revolutionärer Romantik getragene Texte.«

»Romantik? Was ist das schon wieder?«

Luo überlegte kurz, legte dann die Hand auf die Brust wie ein Zeuge, der einen Eid auf den Himmel ablegt: »Gefühl und Liebe!«

Die knochigen Finger des alten Mannes glitten lautlos über die Saiten des Instruments, das er wie eine Gitarre im Arm hielt. Er stimmte die ersten Noten an ... und dann begann er mit leiser, heiserer Stimme zu singen.

Wir aber schauten fasziniert auf seinen Bauch, der uns zuerst von seiner Stimme, von der Melodie ablenkte. Was für ein Bauch! Besser gesagt, der Alte war so mager, daß er überhaupt keinen Bauch hatte, doch die welke Haut seines nackten, wettergegerbten Abdomens bestand aus zahllosen winzigen Fältchen. Wenn er sang, erwachten die Fältchen und verwandelten sich im Schein der Petroleumlampe in ein ansteigendes und wieder verebbendes Wellengekräusel. Die dünne Strohschnur um seine bloßen Lenden tanzte wild auf und ab. Zwischendurch wurde sie von der Dünung seiner Runzelhaut verschluckt, doch wenn man sie endgültig in der ansteigenden Flut untergegangen wähnte, tauchte die magische Schnur würdig und unversehrt wieder auf.

Die heisere und gleichzeitig volltönende Stimme des alten Müllers schwoll an. Seine Augen schweiften von Luos Gesicht zu meinem, einmal fröhlich zwinkernd, dann wieder mürrisch starr.

Der alte Müller sang:

Sag mir, sag mir
Was ist der Graus
Einer alten Laus?
Das Wasser, wenn es kocht
Das Wasser, wenn es kocht
Das ist der Graus einer alten Laus.
Und die kleine Nonne
Sag mir, sag mir
Wovor ihr graust?
Bloß vor den alten Mönchen
Graust dem jungen Nönnchen.

Luo prustete los, und wir krümmten uns beide vor Lachen. Der alte Müller sang stolz lächelnd weiter, und die Wellen kräuselten sich auf seinem Bauch und schwollen an und verebbten. Und Luo und ich kugelten uns auf dem Fußboden und lachten und lachten und konnten nicht mehr aufhören zu lachen.

Als der alte Sänger sein erstes authentisches, von

revolutionärer Romantik getragenes Lied fertig gesungen hatte, wischte sich Luo die Tränen aus den Augen, stand auf und griff nach der Kalebasse, um unsere Becher zu füllen. »Komm, Väterchen, trinken wir auf Euren phänomenalen Bauch.«

Unser Sänger nahm den Becher und erlaubte uns, die Hand auf seinen fabelhaften Bauch zu legen, atmete ein und aus, um uns eine Freude zu machen. Dann stießen wir an und tranken den Becher in einem Zug aus. Im ersten Moment reagierte keiner von uns. Doch plötzlich spürte ich etwas Ungewohntes, Ätzendes im Hals … Ich zog eine Grimasse und fragte den Alten in tadellosem Sichuandialekt: »Verdammt, was ist das für ein Fusel?« Wir griffen uns alle drei gleichzeitig an die Kehle und spuckten das Gesöff aus.

Luo hatte sich in der Kalebasse geirrt. Er hatte uns, anstatt Schnaps, Lampenöl nachgeschenkt.

Zum ersten Mal, seit er auf dem Berg des Phönix-des-Himmels war, verzogen sich Brillenschangs Lippen zu einem aufrichtig glücklichen Lächeln. Es war heiß. Auf seiner Nase standen winzige Schweißperlen, seine Brille rutschte ihm über den Nasenrücken und wäre zweimal beinahe heruntergefallen und auf dem Fußboden zerbrochen; er war in die Lektüre der achtzehn Lieder des alten Müllers vertieft, die wir auf den mit Salzsauce, Feuerwasser und Petroleum verkleckerten Blättern aufgezeichnet hatten. Wir waren fast die ganze Nacht marschiert, hatten einen Bambuswald durchquert, bis zum frühen Morgen vom fernen Knurren unsichtbarer Raubtiere begleitet. Kein Wunder, daß wir vor Erschöpfung halbtot waren. Plötzlich verdüsterte sich Brillenschangs Gesicht.

»Scheiße«, schrie er uns an. »Was soll das? Das sind ja lauter Ferkeleien.« Er brüllte uns zornig an wie ein richtiger Kommandant. Ich schätzte diesen Ton überhaupt nicht, aber ich schwieg. Ich erwartete von ihm nur eins: daß er uns als Belohnung für unsere Mühe ein oder zwei Bücher lieh.

»Du hast gesagt, du brauchst authentische Berglerlieder«, erinnerte ihn Luo, »bitte, da sind sie!«

»Gütiger Himmel! Ich hab euch doch klar und deutlich gesagt, daß ich positive, von revolutionärer Romantik getragene Texte haben will.« Der Brillenschang hielt die Blätter mit spitzen Fingern hoch und schwenkte sie über unseren Köpfen; wir hörten das Papier knistern. »Warum seid ihr beide ständig auf verbotenes Zeug scharf«, kreischte seine Lehrerstimme.

»Jetzt übertreibst du aber«, warf Luo ein.

»Ich? Ich übertreibe? Soll ich das hier vielleicht dem Kreiskomitee zeigen? Der alte Müller würde auf der Stelle der Verbreitung obszöner Lieder beschuldigt und riskiert, ohne viel Federlesens ins Gefängnis gesteckt zu werden.«

Plötzlich haßte ich den Brillenschang, es war jedoch nicht der richtige Moment, es ihm zu sagen. Ich wollte lieber warten, bis er sein Versprechen hielt und uns die Bücher lieh. »So geh doch. Worauf wartest du?« fragte ihn Luo. »Ich finde den Alten wunderbar mit seinen Liedern, seiner Stimme, dem Gekräusel auf seinem phänomenalen Bauch. Ich geh noch mal zu ihm und bring ihm ein paar Fen für seine Mühe.«

Der Brillenschang saß auf der Bettkante, seine mageren, flachen Beine auf den Tisch gelegt, und überflog erneut die Blätter. »Wie habt ihr bloß eure Zeit mit dem Aufschreiben solcher Ferkeleien vergeuden können! Ist ja nicht zu fassen! Ihr seid nicht etwa so blöd und glaubt, daß eine offizielle Zeitschrift so etwas veröffentlicht? Und daß dieser Stuß mir die Türen einer Redaktion öffnet?«

Er hatte sich sehr verändert, der Brillenschang, seit er den Brief seiner Mutter erhalten hatte. Diese Art, mit uns zu reden, wäre noch vor ein paar Tagen undenkbar gewesen. Ich wußte nicht, daß der kleinste Zukunftsschimmer einen Menschen derart verändern, ja arrogant, bösartig werden lassen und seiner Stimme soviel Begierde und Haß verleihen konnte. Und was die Bücher anging, die er uns leihen sollte: keine Silbe davon. Er stand auf, warf die Blätter aufs Bett. Kurz darauf hörten wir ihn in der Kochecke herumhantieren. »Ich empfehle euch, eure Lieder auf der Stelle zu verbrennen oder tief in euren Hosentaschen zu vergraben«, schimpfte er weiter, während er das Gemüse putzte, »ich will keine verbotenen Ferkeleien auf meinem Bett herumliegen haben.«

Luo trat zu ihm. »Rück ein paar Bücher heraus, und wir verschwinden.«

»Was für Bücher?« hörte ich den Brillenschang fragen, während er weiter Kohl und Rüben kleinschnitt.

»Die, die du uns versprochen hast.«

»Willst du mich etwa veräppeln oder was? Ihr habt mir unsägliches Zeug gebracht, das mir nichts als Scherereien einbringen wird, und habt die Unverfrorenheit, mir das als ...«

Plötzlich verstummte er und stürzte, das Messer in der Hand, zum Bett. Er sammelte die verstreuten Blätter ein, stellte sich ans Fenster und las sie nochmals durch. »Ich hab's! Ich bin gerettet«, rief er. »Ich brauche bloß die Texte etwas umzuschreiben, sie da und dort zu ergänzen, ein paar Wörter zu streichen ... Tut

mir leid, Jungs, Köpfchen muß man haben, Köpfchen!« sagte er hämisch grinsend und tippte sich an
den Kopf. Und rezitierte aus dem Stegreif seine adap-
tierte und verfälschte Fassung der ersten Strophe:

Sag mir doch
Die miesen Läus' der Bourgeoisie
Was fürchten sie?
Das Proletariat
Das kocht vor Wut
Ja das fürchten sie
Die miesen Läus' der Bourgeoisie.

Ich schoß empört auf und stürzte mich auf ihn. Ich
wollte ihm bloß das Blatt aus der Hand reißen, doch
in meiner besinnungslosen Wut schlug ich ihm mit
der Faust ins Gesicht. Er taumelte, sein Hinterkopf
schlug hart an der Wand auf, sein Messer fiel zu
Boden, er blutete aus der Nase. Ich wollte meine Blätter wiederhaben, sie zerreißen, ihm die Fetzen in den
Mund stopfen, doch er ließ sie nicht los. Ich sah seinen
weit aufgesperrten Mund, hörte sein Gebrüll aber
nicht. Um mich herum war alles wattig verschwommen. Ich kam erst wieder zur Besinnung, als Luo und
ich unter einem überhängenden Felsen am Wegrand
saßen. Luo zeigte auf meinen mit Brillenschangs Blut
befleckten Mao-Rock. »Du siehst aus wie ein Held aus
einem Kriegsfilm, Mann«, sagte er. »Nun, ich denke,
wir können Balzac vergessen.«

Wenn man mich fragt, wie die Stadt Yong Jing aussieht, antworte ich jedesmal mit einem Satz meines Freundes Luo: Sie ist so klein, daß die ganze Stadt schnuppernd die Nase in die Luft streckt, wenn in der Kantine der Stadtverwaltung Rindfleisch mit Zwiebeln gekocht wird.

In der Tat gab es in der Stadt nur eine einzige Straße, in der sich der Sitz des Stadtkomitees befand, das Postamt, ein Kaufhaus, eine Buchhandlung, das Gymnasium und ein Restaurant, hinter dem sich ein Hotel mit zwölf Zimmern befand. Das Kreiskrankenhaus lag an einem Hügel am Stadtrand.

In jenem Sommer schickte uns der Laoban mehrere Male zu Filmvorstellungen in die Stadt. Ich glaube, wir verdankten diese Großzügigkeit Luos kleinem Wecker mit dem jede Sekunde ein Reiskorn pickenden Gockel und den blaugrün schimmernden Schwanzfedern, den der zum Kommunisten bekehrte Opiumbauer heiß begehrte. Die einzige Möglichkeit, auch nur für kurze Zeit in dessen Besitz zu gelangen, war, uns nach Yong Jing zu schicken. Während der vier Tage der Hin- und Rückreise war er der Herr des Weckers.

Gegen Ende August, einen Monat nach der Rauferei, die unsere diplomatischen Beziehungen zum Brillenschang hatte einfrieren lassen, gingen wir wieder einmal in die Stadt, doch diesmal begleitete uns die Kleine Schneiderin.

Bei dem Film, der auf dem gerammelt vollen Basketballfeld des Gymnasiums vorgeführt wurde, handelte es sich immer noch um den alten nordkoreanischen Film vom *Kleinen Blumenmädchen,* den Luo und ich bereits gesehen und den Dorfbewohnern erzählt hatten: um jene Geschichte, die die vier alten Hexen heiße Tränen hatte vergießen lassen. Es war ein schlechter Film. Um die Handlung auswendig zu kennen, brauchte man ihn sich nicht zweimal anzuschauen. Wir ließen uns die gute Laune dadurch nicht verderben. Zum einen waren wir glücklich, wieder einmal den Fuß in die Stadt setzen zu können. Stadtluft atmen! Das Stadtleben genießen! Selbst in einer Stadt, die kaum größer war als ein Schneuztuch, duftete Rindfleisch mit Zwiebeln ganz anders als bei uns im Dorf. Und erst das elektrische Licht: Was für eine Helle im Vergleich zum Schummer der Petroleumlampen! Wir waren nicht etwa verrückt nach der Stadt, Luo und ich, doch die uns auferlegte Pflicht, einer Filmvorstellung beizuwohnen, ersparte uns vier Tage Plackerei in den Feldern, vier Tage Schleppen von menschlichem und tierischem Dünger, vier Tage Pflügen in den schlammigen Reisfeldern mit Büffeln, deren langer Schwanz einem ständig übers Gesicht fegt.

Zum andern begleitete uns die Kleine Schneiderin, was erst recht ein Grund für unsere gute Laune war.

Als wir ankamen, hatte die Filmvorführung bereits begonnen, und es waren nur noch Stehplätze hinter der Leinwand frei, auf der die Handlung spiegelverkehrt ablief und alle Schauspieler Linkshänder waren. Doch die Kleine Schneiderin wollte den Film auf keinen Fall versäumen. Wir wiederum konnten uns an ihrem im Widerschein der Leinwand strahlenden Gesicht nicht satt sehen. Manchmal wurde ihr Gesicht von der Dunkelheit verschluckt, und wir sahen nur noch ihre Augen, zwei phosphoreszierende Tupfer in der Nacht, doch gleich darauf leuchtete ihr entrücktes, in Farben getauchtes Gesicht wieder auf. Von den mindestens zweitausend Zuschauerinnen war sie ganz eindeutig die Schönste. In uns regte sich männlicher Stolz, als wir die eifersüchtigen Männerblicke um uns herum bemerkten. Plötzlich wandte sie sich mir zu und flüsterte mir ins Ohr: »Wenn du erzählst, ist's viel, viel spannender.« Ich war wie vom Donner gerührt.

Wir übernachteten im Hotel hinter dem Restaurant; das Zimmer kostete fünfzig Fen, kaum mehr als eine Portion Rindfleisch mit Zwiebeln. Der Nachtwächter, ein glatzköpfiger Alter, der uns inzwischen kannte, saß auf einem Stuhl dösend im Hof; er zeigte mit dem Finger auf ein beleuchtetes Fenster und erklärte uns flüsternd, eine etwa vierzigjährige elegante Dame sei für die Nacht abgestiegen, sie käme aus der Provinzhauptstadt und habe vor, am nächsten Morgen auf den Berg des Phönix-des-Himmels zu gehen. »Sie kommt ihren Sohn abholen«, fügte er hinzu. »Sie hat für ihn eine Arbeit in der Stadt gefunden.«

»Ist ihr Sohn in der Umerziehung?« fragte Luo.

»Ja, wie ihr zwei.«

Wer, zum Teufel, konnte der Auserwählte sein? Der erste Entlassene von den hundert jungen Umerzogenen auf unserem Berg? Die Frage beschäftigte uns die halbe Nacht; wir wälzten uns, von Eifersucht gequält, in unserem Hotelbett, als lägen wir fiebernd auf einem heißen Kang, und zählten immer wieder vorwärts und rückwärts die Namen aller in Frage kommenden Jungen auf – außer die Namen derjenigen natürlich, die am Schicksalsfaden der »drei Promille« hingen, die der Söhne »bourgeoiser« Eltern und der Söhne von »Volksfeinden«.

Am nächsten Tag begegnete ich unterwegs der Frau, die gekommen war, ihren Sohn zu erlösen. Und zwar an der Stelle, wo der Pfad sich hinter einer Wegbiegung steil zwischen den Felsen den Berg hinaufschlängelt und in den Nebelschwaden verschwindet. Etwas unterhalb des Weges breitete sich ein großer Hang aus, der mit tibetischen und chinesischen Gräbern übersät war, von denen Hunderte halb in die Erde eingesunken waren, andere wiederum waren von dichtem Unkraut überwuchert. Die Kleine Schneiderin hatte uns das Grab ihres Großvaters mütterlicherseits zeigen wollen, doch weil ich für Friedhöfe nicht viel übrig hatte, waren Luo und sie allein das Grab suchen gegangen.

Ich machte wie gewohnt unter einem vorspringenden Felsen am Wegrand ein Feuer aus Zweigen und dürrem Laub, holte aus meiner Schultertasche ein paar Süßkartoffeln, die ich in der heißen Asche vergrub.

In dem Moment tauchte die Frau auf. Sie saß auf einem hölzernen Tragstuhl, der, wie eine Hotte, an zwei Lederriemen am Rücken eines jungen Burschen hing. Sie saß mit fast übermenschlicher Gelassenheit auf ihrer gefährlich schwankenden Chaise und strickte ruhig, als sitze sie gemütlich auf ihrem Balkon.

Sie war klein von Statur, trug eine dunkelgrüne Cordjacke, eine beige Hose und flache, verwaschene grüne Lederschuhe. Bei mir angelangt, stellte der Träger die Chaise auf einem großen rechteckigen Stein ab, um zu verschnaufen. Die Frau strickte ungerührt weiter, ohne ein aufmunterndes Wort an ihren Träger zu richten, ohne auch nur einen Blick auf meine gerösteten Kartoffeln zu werfen. Den lokalen Akzent imitierend, fragte ich sie, ob sie die Nacht im Hotel in der Stadt verbracht habe. Sie nickte kurz und wandte sich wieder ihrer Strickarbeit zu. Sie war eine elegante, eine zweifellos vornehme Dame, die sich durch nichts aus der Ruhe bringen ließ.

Ich fischte mit einem Stecken eine Süßkartoffel aus der Glut und klopfte die Asche ab. »Darf ich Ihnen eine lokale Grillspezialität anbieten?« fragte ich sie höflich in meiner Muttersprache.

»Kommst du aus Chengdu?«, rief sie mir erstaunt zu. Ihre Stimme klang sanft und angenehm.

Ich erklärte ihr, daß meine Familie tatsächlich in Chengdu wohnte. Sie stieg sogleich von ihrer Chaise herunter, kam mit ihrer Strickarbeit in der Hand zu mir herüber und kauerte sich vor mein Feuer. Sie war es bestimmt nicht gewohnt, sich auf einem Bergpfad auf die nackte Erde zu hocken. Sie klemmte ihre Strickarbeit unter den Arm, nahm die heiße Süßkartoffel, die ich ihr hinhielt, und pustete lächelnd. Sie traute sich nicht hineinzubeißen.

»Was machst du hier? Bist du in der Umerziehung?«

»Ja, auf dem Berg des Phönix-des-Himmels«, antwortete ich, in der Glut nach einer weiteren Süßkartoffel stochernd.

»Wirklich?« rief sie aus. »Auch mein Sohn wird auf diesem Berg umgezogen. Vielleicht kennt ihr euch sogar. Er ist offenbar der einzige Brillenträger.«

Ich verfehlte die Süßkartoffel und mein Stecken stocherte ins Leere. Mein Kopf dröhnte, als hätte ich eine Ohrfeige gekriegt. »Sind Sie Brillenschangs Mutter?«

»Genau.«

»Er ist also der erste Entlassene!«

»Ach, du weißt Bescheid? Ja, er wird künftig in der Redaktion einer literarischen Zeitschrift arbeiten.«

»Ihr Sohn ist ein super Spezialist für Volkslieder.«

»Ich weiß. Zuerst befürchteten wir, er könnte auf diesem Berg seine Zeit vergeuden. Doch nein: Stell dir vor, er hat die alten Lieder der Bergbevölkerung gesammelt und hat sie adaptiert und modifiziert, der Chefredakteur war ganz angetan von den Texten dieser wunderbaren, von revolutionärer Romantik getragenen Lieder.«

»Diese Arbeit hat er nur dank Ihnen machen können. Dank der vielen Bücher, die Sie ihm mitgegeben haben.«

»Ja, natürlich …« Sie verstummte und starrte mich mit gerunzelter Stirn mißtrauisch an. »Bücher? Ich weiß nichts von Büchern«, sagte sie schroff. »Vielen Dank für die Kartoffel.«

Sie hatte eindeutig keinen Humor. Hätte ich die Bücher bloß nicht erwähnt. Ich sah aus dem Augenwinkel, wie sie ihre Süßkartoffel unauffällig auf den rauchenden Aschehaufen legte. Sie stand auf und wollte gehen, doch dann wandte sie sich abrupt um und stellte die gefürchtete Frage. »Wie heißt du? Ich werde meinem Sohn erzählen, daß ich dir begegnet bin.«

»Wie ich heiße?«, stotterte ich. »Ich heiße Luo.«

Kaum war mir die Lüge entschlüpft, wäre ich vor Scham am liebsten gestorben. Heute noch höre ich die sanfte Stimme von Brillenschangs Mutter: »Ach, du bist der Sohn des berühmten Zahnarztes? Was für eine Überraschung! Stimmt es, daß dein Vater die Zähne unseres Großen Vorsitzenden behandelt hat?« fragte sie mich honigsüß lächelnd, als sei ich ein alter Freund.

»Wer hat Ihnen das erzählt?«

»Nun, mein Sohn, in einem seiner Briefe.«

»Davon weiß ich nichts.«

»Hat dir dein Vater das nie erzählt? Was für ein bescheidener Mann. Er muß ein großartiger, ein ganz großartiger Zahnarzt sein.«

»Er sitzt zur Zeit im Gefängnis. Man hält ihn für einen Volksfeind.«

»Ich weiß. Brillenschangs Vater ist in einer ähnlich schlimmen Lage.« Sie senkte die Stimme: »Gräm dich nicht zu sehr, mein Junge. Zur Zeit haben die Ungebildeten das Sagen, doch eines Tages wird das Volk wieder gute Ärzte brauchen. Und der Große Vorsitzende wird um deinen Vater froh sein.«

»Sollte ich meinen Vater je wiedersehen, werde ich ihm Ihre anteilnehmenden Worte übermitteln.«

»Und du, laß dich nicht gehen. Ich, siehst du, ich stricke pausenlos an diesem blauen Pullover, doch das ist nur Schein: In Wirklichkeit dichte ich während des Strickens.«

»Ehrlich? Und was für Gedichte dichten Sie?«

»Berufsgeheimnis, mein Junge.« Sie kauerte sich wieder hin und spießte mit einer ihrer Stricknadeln eine Süßkartoffel auf, schälte sie und stopfte sie, ohne zu pusten, in den Mund. »Weißt du, daß mein Sohn dich sehr mag? Er hat in seinen Briefen oft von dir erzählt.«

»Wirklich?«

»Ja. Doch den andern, deinen Kameraden, der im gleichen Dorf ist wie du … wie heißt er doch gleich? … ist egal, den haßt er.«

Eine echte Offenbarung. Zum Glück hatte ich mich für Luo ausgegeben. »Warum denn?« fragte ich möglichst gelassen.

»Er soll nicht ganz richtig im Kopf sein. Stell dir vor, er verdächtigt meinen Sohn, einen Koffer zu verstecken, und jedesmal, wenn er ihn besucht, sucht er überall danach.«

»Einen Bücherkoffer?«

»Ich hab keine Ahnung«, sagte sie, wieder mißtrauisch geworden. »Weil er die Schnüffelei nicht mehr ertragen hat, hat mein Sohn ihm eines Tages einen Faustschlag gegeben und hat ihn verprügelt. Er soll ziemlich geblutet haben.«

Ich sagte, seltsam, davon sei mir nichts bekannt. Und hätte ihr am liebsten gesagt, ihr Sohn wäre besser zum Film gegangen, anstatt Volkslieder-Fälscher zu werden. Dort hätte er jede Menge Zeit, blödsinnige Szenen zu erfinden.

»Ich hab gar nicht gewußt, daß mein Sohn so stark ist und sich auf eine Schlägerei einläßt«, fuhr sie fort. »Ich habe ihm geschrieben und ihn ausgescholten und habe ihn gebeten, sich in Zukunft nicht in solche Geschichten hineinziehen zu lassen.«

»Mein Kamerad wird sehr traurig sein, wenn er erfährt, daß Ihr Sohn uns endgültig verläßt.«

»Warum? Wollte er sich etwa rächen?«

»Nein, das glaub ich nicht. Aber er wird die Hoffnung aufgeben müssen, je an den versteckten Koffer zu kommen.«

»Tja, er wird sehr enttäuscht sein.«

Der Träger wurde ungeduldig, also verabschiedete sie sich von mir und wünschte mir viel Glück. Sie setzte sich wieder auf ihren Tragstuhl, nahm ihre Strickarbeit und verschwand nadelklappernd hinter der nächsten Wegkrümmung.

Das Grab des Ahnen der Kleinen Schneiderin lag, nach Süden gerichtet, weitab vom Hauptpfad im hohen, dürren Gras versteckt, zwischen abgerundeten, schiefen Grabsteinen, von denen einige bereits nur noch da und dort verstreute Erdbuckel waren. Das von der Kleinen Schneiderin aufgesuchte Grab war sehr bescheiden, ja armselig: Es war ein dunkelgrauer, blaugeäderter verwitterter Stein, in den nur ein Name und zwei Jahreszahlen geritzt waren, die ein unbedeutendes Leben zusammenfaßten. Die Kleine Schneiderin und Luo legten Wiesenblumen darauf: Pfeifenblumen mit glänzenden herzförmigen Blättern, anmutig nickende Zyklamen, Balsamine, die »Phönix Elfe« genannt wird, und auch seltene wilde Orchideen mit ihren makellosen, milchig weißen Blütenblättern, die ein zartgelbes Herz einhüllen.

»Was machst du für ein Gesicht«, rief mir die Kleine Schneiderin entgegen.

»Ich trauere um Balzac«, verkündete ich düster.

Und ich berichtete von meiner Begegnung mit der als Strickerin getarnten Dichterin. Weder die Schändung der Lieder des alten Müllers noch der Abschied von Balzac, noch Brillenschangs bevorstehende Abreise vermochte die beiden übermäßig zu erschüttern, im Gegenteil. Doch über die von mir improvisierte Rolle des Zahnarztsohnes mußten sie so lachen, daß ihr Lachen in den stummen Gipfeln widerhallte.

Und ich, ich war von der lachenden Kleinen Schneiderin hingerissen. Sie war jetzt von einer ganz anderen Schönheit als während der Filmvorführung, nicht mehr so ernst, so verträumt. Wenn sie lachte, war sie unglaublich niedlich und so natürlich. Ich hätte sie am liebsten auf der Stelle geheiratet – obwohl sie doch Luos Freundin war. Ihr Lachen strömte den Duft wilder Orchideen aus; ihr heißer Atem duftete nach Moschus.

Während sie sich am Grab ihres Ahnen sammelte, standen Luo und ich stumm hinter ihr. Sie verneigte sich mehrmals tief und murmelte leise tröstende Worte.

Plötzlich schaute sie zu uns auf: »Und wenn wir Brillenschangs Bücher stehlen gingen?«

Dank der Kleinen Schneiderin verfolgten wir sozusagen Stunde um Stunde das Geschehen im Dorf des Brillenschangs; seine Abreise war für den 4. September vorgesehen. Um auf dem laufenden zu sein, brauchte sie nur ihre Kunden auszuhorchen, Frauen und Männer, Kinder und Kader aus den umliegenden Dörfern. Nichts entging ihr.

Um mit großem Pomp das Ende seiner Umerziehung zu feiern, bereiteten der Brillenschang und seine strickende-dichtende Mutter ein großes Festmahl für die Dorfbevölkerung vor, das am Tag vor ihrer Abreise stattfinden sollte. Es ging das Gerücht, die Mutter habe den Laoban des Dorfes bestochen, damit er seine Zustimmung gab, einen Büffel zu schlachten.

Welcher Büffel geopfert und auf welche Weise er geschlachtet werden sollte, das war die große Frage, denn das Gesetz untersagte das Schlachten von Büffeln, die für die Feldarbeit gebraucht wurden.

Obschon wir die zwei einzigen Freunde des glücklichen Auserwählten waren, standen wir nicht auf der Gästeliste. Was uns schnurzegal war, denn wir wollten den geplanten Einbruch während des Festmahls in die Tat umsetzen; nach unserer Einschätzung war das der

günstigste Zeitpunkt, den Geheimkoffer des Brillenschangs zu klauen.

Luo fand in der Schublade einer alten Kommode,
die zur Aussteuer der Mutter der Kleinen Schneiderin
gehört hatte, lange rostige Nägel. Wir fertigten daraus
einen Dietrich und fühlten uns dabei wie abgebrühte
Einbrecher. Was für ein Hochgefühl! Ich schliff den
längeren Nagel an einem Stein, bis er zwischen meinen
Fingern glühte. Dann polierte ich ihn an meiner
schlammverkrusteten Hose, bis er funkelnagelneu
glänzte. Als ich ihn prüfend vor die Augen hielt,
glaubte ich, den Widerschein meiner Augen und den
Spätsommerhimmel darin spiegeln zu sehen. Luo
übernahm die heiklere Arbeit: Er legte den Nagel auf
einen Stein, hielt ihn mit der einen Hand fest, mit der
anderen hob er den Hammer mit durchgestrecktem
Arm hoch; der Hammer beschrieb eine elegante
Kurve und sauste federnd auf die Nagelspitze nieder,
schlug sie flach … sauste nochmals nieder … und sauste nochmals nieder.

Ein oder zwei Tage vor unserem Einbruch träumte
ich, daß Luo den Dietrich mir übergab. Es war ein
nebliger Tag; ich schlich auf Zehenspitzen zum Haus
des Brillenschangs. Luo stand unter einem Baum
Schmiere. Man hörte die Rufe und die revolutionären
Lieder der feiernden Dorfbewohner. Die Tür von
Brillenschangs Haus bestand aus zwei hölzernen Türflügeln, die sich in zwei Zapfenlöchern drehten, das
eine war in der Schwelle eingelassen, das andere im
Türbalken. Ein kupfernes Vorhängeschloß an einer

dicken Kette hielt die Türflügel zusammen. Das Vorhängeschloß, kalt und feucht vom Nebel, widerstand
meinem Dietrich. Ich drehte ihn mit aller Kraft nach
links, drehte ihn nach rechts, beinahe wäre er im
Schlüsselloch abgebrochen. Ich versuchte also, einen
Türflügel hochzustemmen, um den Zapfen aus der
Vertiefung in der Schwelle zu heben. Vergeblich. Ich
versuchte es nochmals mit dem Dietrich, und –
klick! – plötzlich gab das Schloss nach. Ich stieß die
Tür auf. Doch – o Schreck! – kaum hatte ich das Haus
betreten, blieb ich wie angewurzelt stehen. Die Mutter
des Brillenschang saß ruhig strickend am Tisch. Sie
lächelte mir stumm zu. Ich spürte, wie mir die Röte
ins Gesicht stieg; meine Ohren glühten. Ich stammelte
etwas, fragte, ob ihr Sohn da sei. Sie antwortete nicht.
Sie schaute mich bloß lächelnd an und strickte und
strickte; ihre knochigen, mit Leberflecken gesprenkel-
ten Hände bewegten sich pausenlos. Die aufblitzenden Stricknadeln – einstechen-umschlagen-durchzie-
hen-fallen lassen-einstechen … – flirrten vor meinen
Augen. Ich machte kehrt, zog die Türflügel leise hinter mir zu, legte das Schloss wieder vor … Und obwohl kein einziger Laut aus dem Haus drang, rannte
ich davon, so schnell meine Beine mich trugen. In
dem Moment fuhr ich schweißbedeckt aus dem Schlaf.

Luo war es ebenso schwummerig wie mir, obwohl
er ständig beteuerte, Einbrecheranfänger hätten
immer Glück. Er dachte lange über meinen Traum
nach und ging unseren Plan nochmals in allen Einzelheiten durch.

Am 3. September gegen Mittag, am Tag vor der Abreise von Mutter und Sohn, stiegen die Todesschreie eines Büffels aus der Tiefe eines engen Tals und hallten von Gipfel zu Gipfel. Man konnte sie sogar bei der Kleinen Schneiderin hören. Kurz darauf berichteten ein paar Kinder, der Laoban von Brillenschangs Dorf habe den Büffel absichtlich in die Schlucht gestoßen.

Der Mord wurde als Unfall ausgegeben; das Tier sei – laut dem Mörder – in einer engen Wegkehre gestolpert, sei Hörner voran wie ein Gesteinsbrocken in die Tiefe gekollert, sei auf einem vorspringenden Felsen aufgeschlagen und dann dreißig Meter tiefer auf einem Felsen zerschmettert.

Der Büffel war noch nicht tot. Sein langgezogener, klagender Schrei hallt heute noch in meinen Ohren nach. Die gellenden Rufe der Büffel in den Höfen und auf den Feldern fahren einem sonst durch Mark und Bein, an jenem warmen, ruhigen Spätsommernachmittag jedoch inmitten der grenzenlosen Gipfellandschaft der Berge klang seine klagende Stimme so gewaltig und voll, daß sie an das Brüllen eines in einem Käfig gefangenen Löwen erinnerte.

Gegen drei Uhr nachmittags begaben Luo und ich uns zum Schauplatz des Dramas. Als wir anlangten, war das Gemetzel beendet. Die Schreie des Büffels waren verstummt. Wir drängten uns durch die aufgeregt schnatternde Menge. Man sagte uns, die Notschlachtgenehmigung des Kreislaobans sei gekommen. Mit dem amtlichen Segen versehen, seien der

Laoban, gefolgt vom Brillenschang und ein paar Männern, den steilen Hang hinabgeklettert, um dem Tier den Gnadenstoß zu geben.

Wir warfen einen Blick auf die Hinrichtungsstätte in der Tiefe der Schlucht und sahen den Brillenschang vor der leblosen Masse des Büffels kauern und das aus der Wunde sickernde Blut in einem breiten Bambushut auffangen.

Als dann sechs Dorfbewohner singend den an einem dicken Bambusrohr hängenden Büffelkadaver die steile Halde hinauftrugen, blieben der Brillenschang und sein Laoban nebeneinander vor dem mit Blut gefüllten Bambushut sitzen.

»Was machen die beiden dort unten?« fragte ich einen der Umstehenden.

»Warten, bis das Blut gerinnt«, erklärte er. »Büffelblut ist gut gegen Hasenherzigkeit. Man muß es lauwarm schlucken, solange es noch schäumt.« Mich schauderte kurz.

Luo kletterte neugierig ein Stück weit in die Schlucht hinunter und winkte mir, ihm zu folgen. Von Zeit zu Zeit hob der Brillenschang den Blick und schaute zur Menge hinauf, ich weiß aber nicht, ob er uns erkannte. Schließlich zog der Laoban sein Messer. Er fuhr prüfend mit der Daumenkuppe über die lange, spitzige Schneide, schnitt dann den schwabbeligen Blutklumpen in zwei Hälften: eine für den Brillenschang, eine für sich.

Wo steckte eigentlich Brillenschangs Mutter? Ich stellte mir vor, was für ein Gesicht sie gemacht hätte,

hätte sie neben uns gestanden und gesehen, wie ihr Sohn das blutige Geschlabber in die hohle Hand nahm und sein Gesicht hineinsteckte wie ein Schwein den Rüssel in einen Haufen Küchenabfälle. Er war so knickrig, daß er sogar jeden Finger einzeln ableckte, um nicht das kleinste Tröpfchen Blut zu vergeuden. Auf dem Rückweg stellte ich fest, daß sein Mund immer noch an dieser ganz besonderen Schlabbermedizin herumkaute.

»Zum Glück ist die Kleine Schneiderin nicht mitgekommen«, meinte Luo.

Es wurde langsam dunkel. Von einem unbebauten Grundstück in der Mitte von Brillenschangs Dorf stieg eine Rauchfahne von einer Feuerstelle, auf der ein riesiger Kochkessel stand, der, seinem gewaltigen Fassungsvermögen nach zu schließen, zum Gemeinschaftsbesitz des Dorfes gehörte.

Aus der Ferne betrachtet wirkte das Bild romantisch und friedlich. Wir konnten das in Stücke geschnittene, im großen Kessel kochende Büffelfleisch zwar nicht sehen, aber sein strenger, herzhafter, etwas ordinärer Geruch ließ uns das Wasser im Mund zusammenlaufen. Die Dorfbevölkerung, Männer und Frauen und eine wimmelnde Kinderschar, hatte sich um die Feuerstelle versammelt. Die einen brachten Kartoffeln für das Monster-Potaufeu, die anderen Holz und Zweige, um das Freudenfeuer zu unterhalten. Eier, Maiskolben, Früchte stapelten sich um den Kochkessel. Brillenschangs Mutter war eindeutig der Mittelpunkt des Abends. Ihre helle, zarte Gesichtsfarbe hob sich von der dunklen, wettergegerbten Haut der Bauern ab. Sie hatte sich eine Blume, eine Nelke vielleicht, an die Brust gesteckt. Sie zeigte den Frauen ihre Strickarbeit, und ihr Werk, obwohl unvollendet, löste entzückte *mei-li-mei-li*-Rufe aus.

Die frische Nachtbrise trug einen verlockenden, zunehmend penetranten Geruch zu uns herüber. Der ermordete Büffel mußte verdammt alt und zäh gewesen sein, denn die Zubereitung dauerte länger als die eines zaddrigen Adlers. Das Biest stellte nicht nur unsere Geduld auf eine harte Probe, sondern auch die des neuerdings zum Bluttrinker konvertierten Brillenschangs. Wir sahen ihn zwischendurch, fröhlich wie ein Floh, den Topfdeckel heben, seine Eßstäbchen hineintauchen und einen rauchenden Fleischbrocken herausfischen, daran schnuppern, ihn prüfend vor seine Brillengläser halten und enttäuscht wieder in die Brühe zurückgeben.

In der Dunkelheit zwischen zwei Felsblöcken kauernd, hörte ich Luo mir zuflüstern: »Schau, da kommt die Glanznummer des Abschiedsbanketts.«

Ich folgte mit dem Blick seinem ausgestreckten Finger und sah fünf alte Weiber in langen, schwarzen Kleidern daherflattern. Selbst aus der Entfernung erkannte ich unter ihnen die wie in Holz geschnitzten Gesichter der vier Hexen, die die Kleine Schneiderin an Luos Krankenbett gerufen hatte.

Ihr Auftritt war offenbar von Brillenschangs Mutter arrangiert worden. Ich sah, wie sie nach einem kurzen Palaver ihre Brieftasche hervorzog und vor den begehrlichen Blicken der Dorfbevölkerung jeder einen Geldschein in die Hand drückte.

Zu diesem ganz besonderen Anlaß waren alle fünf Hexen mit Pfeil und Bogen bewaffnet. Vielleicht verlangte die Begleitung eines glücklichen Auserwählten, der zu einer Reise ins Ungewisse aufbricht, einen größeren kriegerischen Einsatz als das nächtliche Hüten der Seele eines Malariakranken. Oder vielleicht war die Summe, die die Kleine Schneiderin für das Ritual hatte zahlen können, weit bescheidener gewesen als die der einst in unserer Provinz von hundert Millionen Seelen bewunderten Dichterin.

Während alle warteten, bis das Büffelfleisch für die zahnlosen Münder genügend weich war und auf der Zunge zerging, las eine der fünf Hexen im Schein des prasselnden Feuers dem Brillenschang die Zukunft aus den Linien seiner linken Hand. Leider konnten wir in unserem Versteck nicht verstehen, was die Alte sagte. Sie senkte die Lider, als sei sie eingeschlafen, dann bewegten sich ihre schmalen, welken Lippen murmelnd über dem zahnlosen Gaumen, während der Brillenschang und seine Mutter sie gespannt beobachteten. Als sie verstummte, blickten alle einander verlegen an, und ein Murmeln ging durch die Menge.

»Sie hat ihm offenbar ein Unheil vorausgesagt«, meinte Luo.

»Vielleicht hat sie in den Handlinien gesehen, daß sein Schatz in Gefahr ist.«

»Nein, sie hat wahrscheinlich Dämonen gesehen, die sich ihm in den Weg stellen.«

Was tatsächlich der Fall zu sein schien, denn mit einem Mal richteten sich die fünf Hexen auf, hoben mit einer weit ausholenden Armbewegung ihre Bogen hoch, kreuzten sie und stießen dabei schrille Schreie aus. Darauf folgte ein exorzisierender Tanz. Vermutlich ihres hohen Alters wegen, begnügten sie sich damit, mit gesenktem Kopf langsam das Feuer zu umschreiten. Von Zeit zu Zeit schauten sie auf, warfen wie Diebinnen ängstliche Blicke in alle Richtungen, starrten dann wieder auf die Erde. Sie psalmodierten Sprüche, die an buddhistische Gebete erinnerten, und ihr unverständliches Gemurmel wurde von der Menge andächtig aufgenommen. Plötzlich warfen zwei der Hexen ihre Bogen weg, schüttelten sich ekstatisch und erstarrten ebenso plötzlich wieder. Wahrscheinlich zeigten sie durch die Zuckungen die unsichtbare Anwesenheit von Dämonen an. Es war, als seien Geister in ihren Körper geschlüpft und hätten sie in furchterregende Monster verwandelt. Währenddessen zielten die drei anderen mit ausholenden kriegerischen Gesten und stießen, das Sirren der Pfeile imitierend, zischende Schreie aus. Sie sahen aus wie drei Krähen. Ihre langen schwarzen Röcke hoben sich flatternd im Rhythmus ihrer Tanzschritte, senkten sich, schleiften Wolken aufwirbelnd im Staub.

Der Tanz der zwei Gespenster wurde immer schleppender, immer langsamer, als wären die auf sie abgeschossenen Pfeile vergiftet gewesen. Luo und ich verschwanden kurz vor dem grandiosen Finale.

Der Festschmaus begann nach unserem Abgang.

Als wir durchs Dorf gingen, waren die Chöre, die den Tanz der Hexen begleiteten, verstummt. Kein einziger Dorfbewohner, ob Tattergreis oder Nuckelkind, wollte den kräftigen, mit gehackten Pfefferschoten und Nelken gewürzten Büffel-im-Topf versäumen. Das Dorf war ausgestorben, genau wie Luo es vorausgesehen hatte (Luo-der-Geschichtenerzähler war auch ein Meisterstratege). Plötzlich erinnerte ich mich an meinen Traum. »Soll ich Schmiere stehen?« fragte ich besorgt. »Nein«, antwortete er, »wir sind nicht in deinem Traum.«

Er befeuchtete kurz den alten, rostigen, zu einem Dietrich umfunktionierten Nagel zwischen den Lippen. Der Nachschlüssel glitt lautlos ins Schloß, er drehte ihn nach links, drehte ihn nach rechts, wieder nach links, zog ihn einen Millimeter heraus … wir hörten ein kurzes, trockenes Knacken … und das kupferne Vorhängeschloß gab nach!

Wir schlüpften ins Haus des Brillenschangs und zogen leise die Türflügel hinter uns zu. Drinnen war es stockdunkel, doch in der Luft schwebte der Geruch von Aufbruch, was uns vor Eifersucht krank machte.

Ich warf einen Blick durch den Spalt zwischen den zwei Türflügeln: weit und breit nicht der kleinste menschliche Schatten. Wir mußten uns beeilen. Vorsichtshalber, das heißt, um zu verhindern, daß der wachsame Blick eines zufällig Vorübergehenden das

Fehlen des Vorhängeschlosses an der Tür bemerkte, hatten wir die zwei Türflügel leicht nach außen aufgestoßen, so daß Luo gerade noch die Hand durch den Spalt stecken, die Kette durch das Schlüsselloch ziehen und das Schloß vorhängen konnte. Nach erfüllter Mission würden wir durch das Fenster verschwinden.

Als die Taschenlampe in Luos Hand aufleuchtete, waren wir im wahrsten Sinn des Wortes geblendet: Aus der Dunkelheit tauchte, zuoberst auf dem Gepäckstapel, der schimmernde Lederkoffer auf, unsere märchenhafte Beute: Sie schien nur auf uns gewartet zu haben, brennend vor Verlangen, geöffnet zu werden.

»Geschafft!« flüsterte ich Luo zu.

Bei der Ausarbeitung unseres Plans ein paar Tage zuvor waren wir zu dem Schluß gekommen, daß der Erfolg unseres anonymen Besuchs von einem wichtigen Faktor abhing: Wir mußten herausfinden, wo der Brillenschang seinen Koffer versteckt hatte. Aber wie? Luo hatte alle möglichen Indizien aufgelistet und sämtliche Möglichkeiten in Betracht gezogen. Und nun lag der Koffer vor uns! Obwohl sie eine argwöhnische Person war, hatte die pingelige Dichterin darauf bestanden, daß alles vor dem Fest ordentlich eingepackt und für die Reise bereit sein müsse.

Wir gingen ehrfürchtig auf den Koffer zu. Er war mit einem dicken, geflochtenen Strohseil kreuzweise verschnürt. Wir lösten die Verschnürung und öffneten den Koffer: Die Bücherstapel leuchteten im Lichtstrahl unserer Taschenlampe auf. Die berühmten

Autoren aus dem Westen hießen uns herzlich willkommen, angeführt von fünf oder sechs Romanen unseres alten Freundes Balzac, gefolgt von Victor Hugo, den beiden Dumas, Flaubert, Baudelaire, Romain Rolland, Rousseau, Tolstoi, Gogol, Dostojewski und ein paar Engländern, Dickens, Kipling, Emily Brontë ...

Wir hielten den Atem an. Mir schwindelte. Ich nahm die Bücher eines nach dem andern in die Hand, schlug sie auf, betrachtete die Porträts der Autoren, reichte sie Luo weiter. Sie mit den Fingerspitzen berühren war, als würden Leben einen durchströmen, andere Leben.

»Ich komme mir vor wie im Film«, flüsterte Luo, »wenn die Gangster einen Koffer voller Geldscheine öffnen ...«

»Kommen dir auch fast die Tränen?«

»Nein, ich spüre bloß Haß, Haß, Haß gegenüber allen, die uns diese Bücher verboten haben.«

Ich fuhr zusammen und schaute mich erschrocken um: Ein Satz wie dieser konnte viele Jahre Gefängnis kosten.

»Los, hauen wir ab«, zischte Luo.

»Warte.«

»Was ist?«

»Ich weiß nicht recht ... Der Brillenschang wird bestimmt sofort vermuten, daß wir die Kofferdiebe sind. Wenn er uns anzeigt, sind wir erledigt. Vergiß nicht, warum wir hier sind.«

»Ich hab dir schon gesagt: seine Mutter wird es verhindern. Sonst weiß alle Welt, daß ihr Sohn verbotene Bücher versteckt hat! Und er wird für alle Ewigkeit auf dem Berg des Phönix-des-Himmels bleiben.«

Ich öffnete den Koffer nochmals. »Wenn wir nur ein paar Bücher mitnehmen, wird er vorerst nichts merken.«

»Aber ich will alle lesen«, sagte Luo wild entschlossen. Er klappte den Koffer zu, legte die Hand darauf und erklärte feierlich wie ein Christ, der einen Eid ablegt: »Mit diesen Büchern werde ich die Kleine Schneiderin verwandeln.«

Wir gingen stumm auf den Vorhang zu, der den Schlafraum von der Stube abtrennte. Ich ging mit der Taschenlampe voraus, Luo folgte mir, den schweren Koffer in der Hand; ich hörte, wie er gegen Luos Beine schlug, an Brillenschangs Bett stieß, an das aus zwei Brettern improvisierte zweite Bett stieß, über das wir beinahe gestolpert wären.

Doch der Fensterladen war zugenagelt. Wir hatten in der Aufregung vergessen, nachzusehen, ob er offen war. Wir versuchten, ihn aufzustemmen, aber er knarrte nur leise seufzend, ohne einen Zentimeter nachzugeben.

Nur den Kopf nicht verlieren. Wir kehrten in die Stube zurück. Also würden wir eben das Manöver von vorhin wiederholen: die zwei Türflügel einen Spaltbreit nach außen stoßen, eine Hand durch den Spalt strecken und mit dem Dietrich das kupferne Vorhängeschloß aufschließen.

»Pst!« flüsterte Luo plötzlich.

Ich knipste erschrocken die Taschenlampe aus. Wir hörten schnell nahende Schritte. Dann undeutliche Stimmen, eine Männerstimme und eine Frauenstimme. Der Brillenschang und seine Mutter? Wir schlichen mit angehaltenem Atem rückwärts auf den Vorhang zu. Ich knipste kurz die Taschenlampe an, damit Luo den Koffer an seinen Platz auf dem Gepäckstapel legen konnte.

Mein Herz klopfte zum Zerspringen. Das Schlimmste war eingetreten: Mutter und Sohn würden uns beim Einbrechen erwischen. Sie standen nun direkt vor der Tür. »Mir ist schlecht von dem verdammten Büffelblut«, jammerte der Sohn. »Es stößt mir bis zum Hals auf.«

»Zum Glück hab ich ein Medikament gegen Magenverstimmung mit«, antwortete die Mutter.

Wir wußten nicht, wo uns verstecken. Um uns herum war es stockdunkel. Ich stolperte über Luo, der den Deckel eines großen Reiskruges in der Hand hielt. »Zu klein«, flüsterte er verzweifelt.

Kakophonisches Kettengerassel versetzte uns in Panik. Und genau in dem Moment, als wir hinter den Vorhang stürzten, um uns unter den Betten zu verstecken, gingen die Haustürflügel knarrend auf. Mutter und Sohn betraten den Raum und zündeten die Petroleumlampe an.

Verdammt, alles ging schief. Anstatt unter Brillenschangs Bett zu kriechen, weil ich größer und kräftiger war als Luo, lag ich zusammengekrümmt unter dem seiner Mutter, das eindeutig kürzer und schmaler war, vor allem aber stand ein Abortkübel darunter, dem ein unverkennbarer Duft entströmte. Mit den Händen den Fußboden abtastend, versuchte ich, mich irgendwie auszustrecken, und mein Kopf stieß dabei fast den ekligen Kübel um, ich hörte leises Gluckern, und der widerliche Gestank verstärkte sich. Mein Körper wich instinktiv zurück, was ein deutlich hörbares Knarren auslöste.

»Hast du auch etwas gehört, Mama?« hörten wir den Brillenschang fragen.

»Nein.«

Es folgte Totenstille, die eine Ewigkeit zu dauern schien. Ich stellte mir Brillenschangs Mutter vor, wie sie theatralisch lauschte, um das kleinste Geräusch zu orten. »Ich höre bloß deinen Bauch rumpeln«, sagte sie schließlich.

»Es ist das verdammte Büffelblut. Mir ist sterbenselend, ich weiß nicht, ob ich die Kraft habe, zum Fest zurückzukehren.«

»Reiß dich zusammen«, beharrte die Mutter streng. »Man erwartet uns. Da, ich habe die Tabletten gefunden. Nimm gleich zwei, das wird deinen Magen beruhigen.«

Ich hörte, wie der gehorsame Sohn an der Spüle Wasser holte. Das Licht der Petroleumlampe entfernte sich. Ich konnte Luo in der Dunkelheit zwar nicht sehen, spürte aber seine Erleichterung.

Als er seine Tabletten geschluckt hatte, kehrte der Brillenschang in die Stube zurück. »Warum hast du den Bücherkoffer nicht verschnürt?« fragte die Mutter.

»Natürlich hab ich ihn verschnürt.«

»Merkwürdig, warum liegt denn die Schnur auf dem Fußboden?«

Himmel! Wir hätten ihn wirklich nicht öffnen dürfen. Ich versuchte in der Dunkelheit vergeblich, den Blick meines Komplizen einzufangen. Brillenschangs ruhige Stimme war vielleicht das Anzeichen eines Verdachts. »Ich hab den Koffer vorige Nacht hinter dem Haus ausgegraben. Dann habe ich ihn gesäubert und nachgesehen, ob keines der Bücher schimmlig ist. Und bevor wir ins Dorf gegangen sind, habe ich ihn verschnürt.«

»Hmm ... Ist vielleicht während des Festes jemand ins Haus eingedrungen?«

Die Petroleumlampe in der Hand, stürzte der Brillenschang zum Vorhang. Ich sah unter dem Bett nebenan Luos Augen im Lichtschein aufleuchten. Grenzenloses Aufatmen! Der Brillenschang schob nur kurz den Vorhang zur Seite. Er wandte sich um und sagte: »Unmöglich, der Fensterladen ist zugenagelt und die Tür war mit der Kette zugesperrt.«

»Wirf trotzdem einen Blick in den Koffer und schau nach, ob keine Bücher fehlen. Ich traue deinen zwei sauberen Kollegen überhaupt nicht. Wie oft hab ich dir geschrieben, du sollst den Kerlen aus dem Weg gehen. Sie sind zu schlau für dich. Doch du hast ja nicht auf mich hören wollen.«

Ich hörte die Kofferschlösser aufschnappen und Brillenschangs Stimme antworten: »Ich hab mich bloß mit ihnen angefreundet, weil ich dachte, daß Luos

Vater euch eines Tages nützlich sein könnte, wenn du oder Papa Zahnprobleme habt.«

»Im Ernst?«

»Im Ernst, Mama.«

»Wie lieb von dir, mein Sohn.« Die Stimme der Mutter klang gerührt. »Selbst in deiner schlimmen Situation denkst du an unsere Zähne.«

»Mama, ich hab die Bücher nachgezählt, es fehlt keines.«

»Um so besser. Komm, gehn wir.«

Der Brillenschang hob die Schnur auf, und ein paar Minuten später hörte ich ihn »Scheiße!« rufen.

»Du weißt, daß ich solche Ausdrücke nicht mag«, tadelte die Mutter.

»Ich hab Bauchkrämpfe«, verkündete der Brillenschang weinerlich.

»Geh auf den Kübel ...«

Zu unserer riesengroßen Erleichterung hörten wir den Brillenschang die Stiege hinunterpoltern.

»Wohin gehst du?« rief ihm die Mutter nach.

»Ins Maisfeld.«

»Hast du Klopapier mitgenommen?«

»Nein«, antwortete die sich entfernende Stimme des Sohnes.

»Warte, ich bring's dir!« rief die Mutter hinter ihm her.

Wir atmeten erleichtert auf: Allen guten Geistern sei Dank, daß der zukünftige Dichter sich lieber unter freiem Himmel entleerte!

Was, wenn er ins Zimmer gestürzt wäre, hastig den

Abortkübel unter dem Bett hervorgezogen hätte, sich darauf gesetzt und sich vor unserer Nase, mit dem ohrenbetäubenden Getöse eines rauschenden Wildbaches des Büffelbluts entleert hätte? Mich schauderte beim bloßen Gedanken daran.

Kaum war die Mutter hinausgelaufen, hörte ich Luo in der Dunkelheit flüstern: »Los, schnell, hauen wir ab.«

Im Vorbeirennen packte Luo den Bücherkoffer. Nach einer Stunde atemloser Flucht, als wir uns endlich in Sicherheit fühlten und uns eine Atempause erlauben konnten, öffnete er ihn. Ein schwarzer, ungewöhnlich langer Büffelschwanz mit verkrusteter Schwanzquaste und dunklen Blutflecken lag zuoberst auf dem Bücherstapel.

Es handelte sich ohne jeden Zweifel um den Schwanz des heimtückischen Büffels, der Brillenschangs Nasenchaise zerbrochen hatte.

3. KAPITEL

Ein Bild aus unserer Umerziehung hat sich mir mit unglaublicher Präzision unauslöschlich eingeprägt: Luo, der, unter dem gleichgültigen Blick einer rotschnäbligen Krähe, mit einer Hotte auf dem Rükken im Affengang über eine etwa dreißig Zentimeter breite Mure klettert, die auf beiden Seiten steil abstürzt. In seiner unauffälligen, schlammverkrusteten, aber soliden Bambushotte war ein Buch von Balzac versteckt, *Vater Goriot,* dessen Titel auf chinesisch *Der alte Go* lautete. Er wollte das Buch der Kleinen Schneiderin vorlesen, die damals noch eine bezaubernde, jedoch ungebildete Berglerin war.

Den ganzen September über tauchten wir mit heißen Ohren in die Geheimnisse der großen, weiten Welt ein, die uns die Autoren aus dem Westen Tag für Tag, Buch um Buch enthüllten. Frauen, Liebe, Sex ... Wir waren schlicht überwältigt.

Der Brillenschang war nach unserem erfolgreichen Einbruch tatsächlich abgereist, ohne es zu wagen, uns anzuzeigen, und überdies – was für eine glückliche Fügung – war unser Laoban nach Yong Jing zu einer Versammlung des regionalen Parteikomitees gegangen. Wir nutzten den Urlaub von der kommunistischen Autorität und die diskrete Anarchie, die während der Abwesenheit des Laoban im Dorf herrschte, und weigerten uns, auf den Feldern zu arbeiten, was die Dorfbewohner und ehemaligen Opiumbauern, die zu Wächtern unseres Seelenheils abgestellt worden waren, einen Dreck kümmerte. Ich verriegelte also unsere Haustür zweifach und brachte die Tage in Gesellschaft westlicher Romane zu. Ich ließ Balzac – Luos ausschließliche Leidenschaft – beiseite und verliebte mich mit der Frivolität und der Ernsthaftigkeit meiner neunzehn Jahre nacheinander in Flaubert, Gogol, Melville und sogar in Romain Rolland.

Romain Rolland! Im Koffer des Brillenschangs war nur ein einziges Buch von ihm, das erste der fünfbändigen Ausgabe von *Johann Christof.* Weil es sich um das Leben eines Musikers handelte und ich selber auf der Geige Stücke wie »Mozart ist in seinen Gedanken immer beim Großen Vorsitzenden Mao« spielte, blätterte ich neugierig darin, so wie man sich auf einen flüchtigen Flirt einläßt, vor allem aber weil das Buch vom großen Fu Lei, Balzacs Übersetzer, ins Chinesische übertragen worden war. Doch kaum hatte ich das Buch aufgeschlagen, konnte ich nicht mehr aufhören zu lesen. Ich bevorzugte sonst eher kurze Erzählungen, spannende Geschichten mit glänzenden, oft amüsanten Einfällen, oder solche, die einen in atemlose Spannung versetzen und ein Leben lang begleiten. Dicken Romanen gegenüber war ich eher mißtrauisch. Johann Christof hingegen mit seiner leidenschaftlichen Auflehnung gegen das kleinbürgerliche Pharisäertum war für mich eine Offenbarung. Ohne dieses Buch hätte ich nie begriffen, was der Einzelne bewirken kann. Bis zu meiner geklauten Begegnung mit *Johann Christof* hatte mein armer, erzogener und umerzogener Kopf schlicht keine Ahnung davon gehabt, daß man allein gegen den Rest der Welt ankämpfen kann. Der Flirt verwandelte sich in eine große Liebe. Selbst die stellenweise übertriebene Emphase, von der der Autor sich mitreißen läßt, vermochte in meinen Augen die Schönheit des Werkes nicht zu schmälern. Ich war vom mächtigen Strom der Hunderten von Seiten buchstäblich mitgerissen. Das Buch öffnete mir neue Horizonte: Als ich es fertig gelesen hatte, waren weder mein verdammtes Leben noch meine verdammte Welt wie zuvor.

Meine Verehrung für *Johann Christof* war so groß, daß ich zum ersten Mal in meinem Leben etwas für mich allein besitzen wollte, für mich ganz allein und nicht mehr gemeinsam mit Luo. Also schrieb ich eine Widmung auf das Schmutzblatt, in der ich festhielt, daß es sich um ein Geschenk zu meinem irgendwann bevorstehenden zwanzigsten Geburtstag handelte, und bat Luo zu unterschreiben. Er fühle sich geschmeichelt, sagte er, handle es sich doch um einen äußerst seltenen und daher geradezu historischen Akt. Er kalligraphierte seinen Namen mit einem einzigen schwungvollen Pinselstrich, der die drei Zeichen seines Namens zu einem hübschen Bogen verband und fast die Hälfte der Seite ausfüllte. Ich wiederum widmete ihm drei Romane von Balzac, *Der alte Go, Eugenie Grandet* und *Ursula Mirouët,* ein Geschenk zum Neujahrsfest, das in ein paar Monaten gefeiert werden würde. Unter meiner Widmung zeichnete ich drei Gegenstände, die die drei Schriftzeichen symbolisieren, aus denen sich mein Name zusammensetzt. Für das erste zeichnete ich ein galoppierendes, wieherndes Pferd mit einer prächtigen, im Wind flatternden Mähne. Für das zweite zeichnete ich ein langes, spitzes Schwert mit einem kostbaren, diamantenverzierten elfenbeinernen Griff. Das dritte war eine kleine Herdenglocke, die ich mit Strahlenlinien umgab, als riefe sie bimmelnd um Hilfe: Ich war so begeistert von meiner Unterschrift, daß ich sie am liebsten mit drei Blutstropfen besiegelt hätte.

Gegen Mitte des Monats ging ein gewaltiges nächtliches Gewitter über dem Berg nieder. Es goß wie mit Kübeln. Am nächsten Morgen machte sich Luo im ersten Morgengrauen unbeirrt mit dem *Alten Go* in seiner Bambushotte auf den Weg und verschwand wie ein einsamer Ritter ohne Pferd und Sattel auf dem in Morgennebel gehüllten Pfad, der zum Dorf der Kleinen Schneiderin führte. Nichts und niemand vermochte ihn von seinem ehrgeizigen Vorhaben abzuhalten, aus einer entzückenden Berglerin ein gebildetes junges Mädchen zu machen.

Um das von der politischen Autorität auferlegte kollektive Tabu nicht zu verletzen, kehrte er abends brav in unsere Pfahlhütte zurück. Beim Abendessen erzählte er mir, er hätte sowohl auf dem Hinweg als auch auf dem Rückweg über eine gefährliche Mure klettern müssen, die das nächtliche Gewitter ausgelöst hatte. »Weißt du«, fügte er hinzu, »die Kleine Schneiderin und du, ihr wärt bestimmt darüber gehüpft. Ich aber habe zitternd auf allen vieren darüber klettern müssen.«

»Ist die Mure sehr breit?«

»Mindestens vierzig Meter.«

Wie er es geschafft hatte hinüberzukommen, ist mir heute noch ein Rätsel. Luo hatte vor nichts Angst, außer vor der Höhe. Er war ein Intellektueller, der in seinem Leben noch nie auf einen Baum geklettert war. Ich erinnere mich an einen Nachmittag fünf oder sechs Jahre früher, als wir auf den Gedanken gekommen waren, die rostige Eisenleiter eines Wasserturms hinaufzuklettern. Schon nach ein paar Sprossen waren seine Handflächen vom abblätternden Rost blutig geschürft. Auf etwa fünfzehn Metern Höhe sagte er: »Ich habe das Gefühl, daß die Sprossen bei jedem Tritt unter meinen Füßen nachgeben.« Seine die Holmen umklammernde Hand schmerzte. Schließlich gab er auf und ließ mich allein bis zuoberst hinaufklettern; vom Turm aus spuckte ich zum Spaß auf ihn hinunter, aber die Spucke wurde vom Wind verweht. Die Jahre vergingen, doch seine Höhenangst blieb. Auf den Bergpfaden liefen die Kleine Schneiderin und ich tatsächlich fröhlich über Steige und Felskämme, doch wir mußten oft lange auf Luo warten, weil er aus Angst auf allen vieren über die gefährlichen Stellen kroch.

Weil ich das ewige Einerlei satt hatte, begleitete ich ihn eines Tages auf seinem Pilgerweg zum Tempel der Schönheit.

An der gefährlichen Stelle angekommen, von der Luo mir erzählt hatte, verwandelte sich der Morgenwind in einen heftigen, durch die Schluchten fegenden Sturm. Ein einziger Blick genügte mir, um zu begreifen, wie sehr Luo sich hatte überwinden müssen. Sogar ich zitterte, als ich mich anschickte, die Mure zu überqueren. Ein Stein löste sich unter meinem linken Stiefel, und gleich darauf lösten sich unter meinem rechten Absatz ein paar Erdklumpen. Sie verschwanden im Leeren, und es dauerte geraume Zeit, bis wir sie in der Tiefe aufprallen hörten und das Echo erst von rechts, dann von links knatternd widerhallte.

Ich hätte von dem dreißig Zentimeter schmalen Steig hoch über dem Abgrund niemals hinunter blicken dürfen: rechts fiel eine zerklüftete Felswand steil ab, die Baumwipfel in der Tiefe waren nicht mehr dunkelgrün, sondern gräulichweiß und neblig verschwommen. Links bildete die Schlammlawine einen senkrecht abfallenden, fünfzig Meter breiten Geröllhang. Mein Kopf sauste.

Zum Glück war der gefährliche Übergang nur etwa dreißig Meter lang. Auf der gegenüberliegenden Seite saß eine rotschnäblige Krähe mit eingezogenem Kopf auf einem Felsen. Ich wandte mich nach Luo um. »Soll ich deine Hotte tragen?« fragte ich ihn möglichst gelassen.

»Ja, bitte.«

Als ich die Hotte auf den Rücken lud, fegte eine Sturmbö daher; das Sausen in meinen Ohren wurde stärker; wenn ich den Kopf drehte, löste die Bewegung einen erträglichen, ja fast angenehmen Schwindel aus. Ich machte ein paar Schritte. Dann wandte ich mich um und sah Luo immer noch an der gleichen Stelle stehen; seine Gestalt schwankte leicht wie ein Baum im Wind.

Ich schaute geradeaus vor mich hin, schritt Meter um Meter vorwärts wie ein Schlafwandler. Doch plötzlich schwankte der gegenüberliegende Felsen, auf dem die Krähe mit dem roten Schnabel saß, neigte sich nach rechts, dann nach links wie bei einem Erdbeben. Instinktiv hockte ich mich hin, das Schwindelgefühl hörte erst auf, als meine Hände den Boden berührten. Schweiß rann mir über den Rücken, über die Brust und das Gesicht. Ich wischte mit der einen Hand die Schläfe ab; der Schweiß war eiskalt!

Ich warf einen Blick über die Schulter; Luo rief mir etwas zu, doch meine Ohren waren fast taub, so daß seine Stimme nur ein zusätzliches summendes Geräusch war. Ich hob die Augen, um nicht in die Tiefe zu blicken, und sah im gleißenden Sonnenlicht die schwarze Silhouette der Krähe über mir, die, träge mit den Flügeln schlagend, über meinem Kopf kreiste. »Was ist los mit mir?« fragte ich mich.

Und wie ich starr vor Angst an der gefährlichen Stelle hockte, fragte ich mich plötzlich, was der alte Johann Christof sagen würde, wenn ich umkehrte. Er würde mir mit seinem autoritären Dirigentenstab die Richtung zeigen. Nein, er hätte sich nicht geschämt, wenn er vor dem Tod zurückgewichen wäre. Nein, ich wollte doch nicht sterben, ohne die Liebe, den

Sex kennengelernt zu haben, ohne wie Johann Christof den Kampf des Einzelnen gegen den Rest der Welt geführt zu haben.

Die Lebenslust packte mich. Ich machte behutsam auf den Knien kehrt und kroch vorsichtig, Zentimeter um Zentimeter zurück. Ohne meine beiden, sich an die Erde klammernden Hände hätte ich das Gleichgewicht verloren und wäre in der Tiefe zerschmettert. Luo mußte wohl Ähnliches durchlitten haben, bevor er die gegenüberliegende Seite erreicht hatte.

Je näher ich kam, desto deutlicher hörte ich seine Stimme. Er war aschfahl im Gesicht, als hätte er noch mehr Angst gehabt als ich. Er schrie mir zu, ich solle mich hinsetzen und rittlings vorwärts robben. Ich befolgte seinen Rat und tatsächlich, noch ein paar Meter, und ich langte in dieser zwar demütigenden Stellung sicher bei ihm an. Ich richtete mich auf und reichte ihm die Hotte.

»Bist du tatsächlich jeden Tag rittlings da hinüber gerutscht?«

»Nein, nur am Anfang.«

»Ist die immer hier?«

»Wer?«

»Die dort.«

Ich zeigte mit dem Finger auf die Krähe mit dem roten Schnabel, die jetzt an der Stelle saß, wo ich stekkengeblieben war.

»Ja, sie ist jeden Morgen hier. Als ob sie mich erwartet«, sagte Luo. »Aber wenn ich abends nach Hause zurückkehre, seh ich sie nie.«

Ich legte keinen Wert darauf, mich nochmals mit einer akrobatischen Balancenummer zu blamieren, also lud er die Hotte auf den Rücken, bückte sich tief nach vorn, bis seine Hände die Erde berührten. Er setzte langsam und regelmäßig eine Hand vor die andere, und die Beine folgten im gleichen regelmäßigen Rhythmus. Bei jedem Schritt berührten die Füße fast die Hände. Nach ein paar Metern blieb er stehen und wackelte schelmisch mit dem Hinterteil wie ein Affe, der auf allen vieren über einen Ast klettert. Die Krähe mit dem roten Schnabel flog davon und schraubte sich, langsam mit ihren großen Flügeln schlagend, in die Lüfte.

Bewundernd folgte ich Luo mit dem Blick bis zum Ende der Mure, die ich »Vorhölle« getauft hatte, dann verschwand er hinter den Felsen. Plötzlich, ich weiß nicht, warum, fragte ich mich, wohin seine Geschichte mit Balzac und der Kleinen Schneiderin ihn führen und was für ein Ende sie nehmen würde. Seit der große schwarze Vogel davongeflogen war, wirkte die Stille des Berges noch unheimlicher als sonst.

In der folgenden Nacht schreckte ich aus dem Schlaf. Ich brauchte ein paar Minuten, um in die vertraute Wirklichkeit zurückzukehren. Ich hörte in der Dunkelheit Luos regelmäßigen Atem. Das Grunzen der Sau, die im Koben unter unserem Pfahlhaus rumorte, beruhigte mich, und ich sah den Traum, der mich aus dem Schlaf geschreckt hatte, wie einen Film im Zeitraffer vor mir ablaufen.

Ich sah aus der Entfernung Luo mit einem Mäd-

chen über den schmalen, schwindelnden Steig gehen,
der auf beiden Seiten steil in die Tiefe abfiel. Das Mädchen ging voraus; zuerst war es die Tochter des Pfört-
ners im Krankenhaus, wo unsere Eltern arbeiteten.
Ein unauffälliges Mädchen aus unserer sozialen
Klasse, weder hübsch noch häßlich, das ich längst vergessen hatte. Doch während ich mich fragte, warum es
plötzlich in dieser Berggegend an Luos Seite war, verwandelte es sich in die Kleine Schneiderin: Sie trug ein
eng anliegendes weißes T-Shirt und eine schwarze
Hose und hüpfte lachend über den Steig, während
Luo ihr langsam auf allen vieren folgte. Weder er noch
sie trugen eine Hotte auf dem Rücken. Die Kleine
Schneiderin hatte ihr Haar nicht zu einem dicken Zopf
geflochten wie sonst, es fiel offen über ihre Schultern
und flatterte wie Vogelflügel im Wind. Ich sah mich
vergeblich nach der Krähe mit dem roten Schnabel
um, und als mein Blick wieder auf meine zwei
Freunde fiel, war die Kleine Schneiderin verschwunden. Nur Luo war noch da, er kniete jetzt mitten auf
dem Steig und blickte starr in den Abgrund zu seiner
Rechten. Er schien mir etwas zuzurufen, aber ich
hörte ihn nicht. Ich lief auf ihn zu, ohne an die Gefahr
zu denken. Als ich näher kam, wußte ich, daß die
Kleine Schneiderin in die Schlucht gestürzt war. Obwohl das Gelände gefährlich war, rutschten wir längs
des Felsens den Steilhang hinunter. Unten angekommen, entdeckten wir ihren Körper, der schlaff an
einem Stein lehnte wie eine verrenkte Stoffpuppe. Ihr
Kopf baumelte vornüber. Am Hinterkopf waren zwei

große, klaffende Platzwunden, zwischen den Wundrändern hatten sich bereits Blutkrusten gebildet. Eine zog sich bis über die Stirn. Ihr offener Mund entblößte das rosafarbene Zahnfleisch und ihr weißes, regelmäßiges Gebiß. Es war, als schreie sie, doch sie blieb stumm und strömte nur faden Blutgeruch aus. Als Luo sie in die Arme nahm, sprudelte Blut aus ihrem Mund, aus dem linken Nasenloch und aus einem Ohr; es floß über Luos Arm und tropfte auf die Erde.

Als ich ihm meinen gräßlichen Traum erzählt hatte, war Luo nicht besonders beeindruckt. »Vergiß ihn einfach«, sagte er, »ich habe eine ganze Menge ähnlicher Träume gehabt.«

Er nahm seine Jacke vom Haken und lud seine Bambushotte auf den Rücken. »Meinst du nicht, es wäre klüger, deine Freundin zu bitten, diesen Weg besser nicht zu nehmen?«

»Sag, spinnst du? Sie möchte uns doch auch ab und zu besuchen.«

»Nur für kurze Zeit, nur bis der verdammte Steig wieder geräumt ist.«

»In Ordnung, ich werde es ihr sagen.«

Er schien es eilig zu haben. Ich war fast ein bißchen eifersüchtig auf sein Rendezvous mit der rotschnäbligen Krähe.

»Du wirst ihr doch nicht von meinem Traum erzählen.«

»Keine Sorge.«

Die Rückkehr des Laoban bereitete Luos täglichen Pilgerungen zum Tempel der Schönheit ein vorläufiges Ende.

Der Parteikongreß und ein Monat Stadtleben hatten unserem Laoban eindeutig keinen Spaß gemacht. Er lief finster, mit einer geschwollenen Backe umher und ließ seinen Zorn auf einen der revolutionären Ärzte im Kreiskrankenhaus an jedem aus, der ihm über den Weg lief. »Dieser verdammte Bastard, dieser Hornochse von einem Barfußarzt, der mir einen gesunden Zahn gezogen hat und den verdorbenen hat stehenlassen.« Seine Wut war verständlich, denn die vom Ausziehen seines gesunden Zahns verursachte Blutung hinderte ihn am Sprechen, so daß er sein Malheur nur mümmelnd erzählen konnte, was ihn um so mehr frustrierte. Er zeigte jedem, der Anteilnahme zeigte, den kläglichen Rest dieser Operation: einen langen, spitzen schwarzen Stummel mit einer schmutziggelben Wurzel, den er, sorgfältig in ein mohnrotes Satintüchlein eingeschlagen, das er auf dem Markt von Yong Jing gekauft hatte, in der Hosentasche mit sich herumtrug.

Weil im Moment nicht gut Kirschen essen war mit ihm, mußten Luo und ich wohl oder übel jeden Morgen zur Arbeit auf die Mais- oder Reisfelder. Wir hielten es in Anbetracht der herrschenden dicken Luft für klüger, den kleinen magischen Wecker nicht zurückzustellen.

Eines Abends, als wir eben damit beschäftigt waren, unser Abendessen vorzubereiten, kreuzte der Laoban mit schmerzverzerrtem Gesicht bei uns auf. Er wickelte ein kleines Stück Metall aus dem roten Satintüchlein. »Echtes Zinn«, sagte er, »ein Straßenhändler hat es mir verkauft. Wenn man's aufs Feuer stellt, schmilzt es innerhalb einer Viertelstunde.«

Weder Luo noch ich sagten etwas. Wir konnten das Lachen kaum unterdrücken beim Anblick seiner bis zu den Ohren geschwollenen Backe, die an einen Klamaukfilm erinnerte.

»Mein lieber Luo«, sagte der Laoban in einem bisher ungewohnt aufrichtigen Ton, »du hast deinem Vater bestimmt tausendmal bei der Arbeit zugeschaut, oder? Wenn das Zinn geschmolzen ist, braucht man scheint's nur ein Stückchen in den faulen Zahn zu stecken, um die Würmer zu töten. Du verstehst von diesen Dingen mehr als ich, schließlich bist du der Sohn eines berühmten Zahnarztes, also bist du sicher imstande, meinen Zahn zu flicken.«

»Im Ernst? Ich soll Ihren Zahn mit Zinn füllen?«

»Genau. Und wenn ich keine Zahnschmerzen mehr habe, geb ich dir einen Monat Urlaub.«

Die Versuchung war groß, doch Luo warnte den Laoban: »Mit dem Zinn wird's nicht funktionieren. Mein Vater besaß moderne Apparaturen. Er bohrte den Zahn zuerst mit einem elektrischen Bohrer aus, bevor er ihn mit was auch immer füllte.«

Der Laoban stand verdutzt auf und verabschiedete sich murmelnd: »Stimmt, ich hab's im Kreiskrankenhaus gesehen. Der Esel, der meinen gesunden Zahn gezogen hat, fummelte mit einem großen, surrenden Nagel herum.«

Ein paar Tage später wurde das Leiden des Laoban durch die Ankunft des alten Schneiders – des Vaters unserer Freundin – gemildert. Dieser hielt ein paar Wochen vor dem Neujahrsfest mit einer funkelnden Nähmaschine, die auf dem nackten Rücken eines Trägers das Licht der Morgensonne widerspiegelte, im Dorf Einzug.

Wir wußten nicht, ob er sich als vielbeschäftigter Mann mit überquellenden Auftragsbüchern aufspielte oder ob er einfach nicht in der Lage war, seine Zeit genau einzuteilen, jedenfalls hatte er das jährliche Ritual in unserem Dorf bereits wiederholt verschoben. Die Ankunft des alten Schneiders mit seiner Nähmaschine löste deshalb bei der Dorfbevölkerung einen um so überschwenglicheren Freudentaumel aus.

Einige Monate zuvor war er uns im Regen und Nebel auf einer schaukelnden Tragchaise entgegengekommen. An diesem sonnigen Tag jedoch war er den ganzen Weg rüstig zu Fuß gegangen. Er trug eine verwaschene grüne Schildmütze – zweifellos die, die ich mir für unseren Besuch beim alten Müller auf dem Felsen der Tausend-Meter-Schlucht ausgeliehen hatte –, eine weite, blaue, aufgeknöpfte Kitteljacke, darunter ein beiges Leinenhemd mit den traditionellen Knötchenknöpfen und einen glänzenden schwarzen Gürtel aus echtem Leder.

Das ganze Dorf lief zu seiner Begrüßung zusammen. Das Geschrei der hinter ihm herrennenden Kinder, das Lachen der Frauen, die ihre seit Monaten wartenden Stoffe hervorzogen, ein paar explodierende Knallerbsen, das Grunzen der Schweine – all das trug zur festlichen Stimmung bei. Jede Familie lud ihn zu sich nach Hause ein in der Hoffnung, die Ehre zu haben, sein erster Kunde zu sein. Doch zur großen Überraschung aller erklärte der Alte: »Ich werde bei den jungen Freunden meiner Tochter Quartier nehmen.«

Wir fragten uns, was er mit seiner Entscheidung bezweckte, und kamen zu dem Schluß, daß der alte Schneider vielleicht einen direkten Kontakt zu seinem möglichen künftigen Schwiegersohn herstellen wollte. Wie auch immer, während seines Aufenthaltes konnten wir uns jedenfalls mit der weiblichen Intimsphäre vertraut machen, mit einer Facette der weiblichen Natur, von der wir bisher in unserem zu einem Schneideratelier umfunktionierten Pfahlhaus keinen blassen Schimmer gehabt hatten. Es war ein geradezu anarchisches Volksfest: Frauen jeglichen Alters rivalisierten mit Hilfe von Stoffen, Spitzen, Bändern, Knöpfen, Nähfaden und Kleiderträumen miteinander. Während der Anproben wurden Luo und ich von ihrer Erregung, ihrer Ungeduld, von dem fast physischen, in ihnen explodierenden Verlangen erstickt. Kein politisches Regime, keine wirtschaftlichen Zwänge vermochten ihren Wunsch, sich herauszuputzen, zu ersticken; ein Wunsch so alt wie die Welt, so alt wie der Wunsch nach einem Kind.

Gegen Abend häuften sich Eier, Fleisch, Gemüse, Früchte, die die Dorfbewohner dem alten Schneider gebracht hatten, wie lauter Opfergaben in unserer Stube. Männer mengten sich allein oder in Grüppchen unter die zwitschernde-schnatternde Frauenschar. Andere saßen mit gesenktem Kopf am Feuer, schnitten mit der Sichelschneide ihre steinharten Zehennägel und warfen verstohlene Blicke auf die jungen Mädchen. Und wieder andere, erfahrenere, zudringlichere, riefen den Frauen mehr oder weniger schlüpfrige Bemerkungen zu. Es bedurfte der ganzen Autorität des erschöpften und unwirschen Schneiders, um sie schließlich samt und sonders hinauszuschmeißen.

Nach einem höflichen, eher schweigsamen Abendessen zu dritt, in dessen Verlauf wir über unsere erste Begegnung auf dem Bergpfad lachten, holte ich meine Wai-o-lin und anerbot mich höflich, unserem Gast vor dem Schlafengehen etwas vorzuspielen.

»Erzählt mir lieber eine Geschichte«, bat er ausgiebig gähnend. »Meine Tochter hat mir gesagt, daß ihr großartige Geschichtenerzähler seid. Das ist der Grund, warum ich mich bei euch einquartiert habe.«

Ob aus Bescheidenheit gegenüber seinem zukünftigen Schwiegervater oder angesichts der eindeutigen Müdigkeit des alten Bergschneiders, Luo forderte mich also auf zu erzählen. »Komm schon«, ermunterte er mich. »Erzähl uns eine Geschichte, die ich noch nicht kenne.«

Ich willigte nur zögernd ein, die Rolle des Mitternachtserzählers zu übernehmen. Bevor ich mit meiner Geschichte anfing, forderte ich meine Zuhörer höflich auf, die Füße zu waschen und sich aufs Bett zu legen, damit sie beim Zuhören nicht im Sitzen einschliefen. Wir holten zwei dicke, saubere Decken hervor und baten unseren Gast, es sich doch in Luos Bett gemütlich zu machen, derweil wir beide uns auf meinem Bett ganz dünn machten. Als alles vorbereitet war, als das Gähnen des Schneiders immer lauter wurde, löschte ich aus Sparsamkeit die Petroleumlampe, streckte mich auf dem Bett aus, stopfte mir das Kissen unter den Kopf und wartete mit geschlossenen Augen, bis der erste Satz einer Geschichte von selbst über meine Lippen kam.

Hätte ich nicht bereits von der verbotenen Frucht aus Brillenschangs Geheimkoffer gekostet, hätte ich bestimmt einen chinesischen oder einen nordkoreanischen, ja sogar einen albanischen Film erzählt, doch inzwischen erschienen mir diese kämpferischen, proletarisch realistischen Filme, aus denen einst mein ganzer kultureller Horizont bestand, unendlich weit von den menschlichen Sehnsüchten entfernt, vom echten Leiden, und vor allem fehlte ihnen jegliche Lebensfreude, warum hätte ich mir also die Mühe geben sollen, sie spätnachts zu erzählen? Ich entschied mich daher spontan für einen Roman, den ich eben fertig gelesen hatte. Luo kannte ihn bestimmt noch nicht, da er sich ja ausschließlich mit seinem heiß bewunderten Balzac beschäftigte.

Ich setzte mich auf, schwang die Beine über die Bettkante und legte mir den ersten Satz zurecht: den schwierigsten, den heikelsten ... Ich mußte ganz sachlich zu erzählen anfangen.

»Wir sind in Marseille; es ist das Jahr 1815.« Meine Stimme durchschnitt die tintenschwarze Dunkelheit im Raum.

»Marseille, wo ist das?« unterbrach mich der alte Schneider schläfrig.

»Am anderen Ende der Welt. Es ist ein großer Hafen in Frankreich.«

»Warum willst du uns so weit weg entführen?«

»Ich möchte die Geschichte eines französischen Seemannes erzählen. Doch wenn Euch das nicht interessiert, können wir ebensogut gleich schlafen. Gute Nacht also und bis morgen.«

»Bravo, alter Junge!« flüsterte mir Luo ins Ohr.

Ein paar Minuten später hörte ich den alten Schneider fragen: »Wie heißt er denn, dein Seemann?«

»Am Anfang heißt er Edmond Dantès, dann wird er der Graf von Monte Cristo.«

»Cristo?«

»Das ist eine andere Bezeichnung für Jesus, was der Messias bedeutet oder der Erlöser.«

Und ich begann Dumas' Geschichte zu erzählen. Zwischendurch unterbrach mich Luo, stellte Fragen oder fügte kluge Kommentare hinzu; er war offensichtlich von der Geschichte fasziniert, was mir half,

meine Hemmungen zu überwinden. Der alte Schneider, zweifellos von all den französischen Namen, den
vielen fremden Ländern und seinem langen Arbeitstag
erschöpft, lag stumm im Bett nebenan und schien in
bleischweren Schlaf gefallen zu sein.

Nach und nach ließ ich mich von Meister Dumas'
Verve hinreißen und vergaß unseren Gast total; ich
erzählte und erzählte und erzählte … Meine Sätze
wurden präziser, konkreter, dichter. Ich schaffte es,
den nüchternen Tonfall des ersten Satzes beizubehal-
ten. Ich stellte während des Erzählens staunend fest,
daß sich mir die klare Gliederung der Geschichte er-
schloß, der Aufbau des Rachethemas, die vom Autor
geschickt, oft kühn gespannten Fäden, die er im Verlauf der Geschichte fest in der Hand hielt; es war, als
betrachtete man einen entwurzelten Baum, der seinen
majestätischen Stamm, sein dichtes Astwerk, die
Blöße seiner dicken Wurzeln den Blicken preisgibt.

Ich wußte nicht, wieviel Zeit vergangen war. Eine
Stunde? Zwei Stunden? Länger? Als jedoch unser
Held, der französische Seemann, überführt und in ein
Festungsverlies eingesperrt wurde, in dem er zwanzig
Jahre darben würde, war ich ziemlich müde – obwohl
ich noch weiter hätte erzählen mögen – und beschloß
daher, die Geschichte zu unterbrechen.

»Du erzählst inzwischen viel besser als ich«, flüsterte Luo mir zu. »Du solltest Schriftsteller werden.«

Berauscht vom Kompliment eines begnadeten
Geschichtenerzählers, fiel ich sogleich in Halbschlaf.
Plötzlich hörte ich die Stimme des alten Schneiders in

der Dunkelheit murmeln: »Warum erzählst du nicht weiter?«

»Schlaft Ihr denn noch nicht?«

»Überhaupt nicht. Ich hab dir zugehört. Deine Geschichte gefällt mir.«

»Ich bin aber müde.«

»Versuch doch noch ein bißchen weiterzuerzählen«, bettelte der alte Schneider.

»Also noch ein kurzes Stück«, willigte ich ein. »Wo bin ich stehengeblieben?«

»An der Stelle, wo er das Festungsverlies auf der kleinen Insel im Hafen von Marseille betritt.«

Verblüfft über die Genauigkeit meines immerhin ziemlich betagten Zuhörers, fuhr ich mit der Geschichte unseres französischen Seemannes fort. Jede halbe Stunde hörte ich an einer möglichst spannenden Stelle auf zu erzählen, und zwar nicht, weil ich müde war, sondern aus harmloser Koketterie, und erzählte erst auf das flehentliche Drängen meines Zuhörers weiter. Als der Abbé, Edmonds Mitgefangener, ihm nach einer abenteuerlichen Flucht einen riesigen, auf der Insel Montecristo vergrabenen Schatz vermacht, drang das fahle Morgenlicht durch die Ritzen in der Wand, begleitet vom morgendlichen Trillern der Lerchen, dem Schlagen der Buchfinken und dem Gurren der Tauben.

Wir waren alle drei von der schlaflosen Nacht erschöpft. Der Schneider mußte dem Laoban ein paar zerknitterte Geldscheine zustecken, damit er uns arbeitsfrei gab.

»Ruh dich gut aus«, sagte der Alte augenzwinkernd zu mir. »Und bereite für heute abend mein Rendezvous mit dem französischen Seemann vor.«

Es wurde die längste Geschichte, die ich in meinem Leben erzählen sollte: Sie dauerte neun ganze Nächte. Ich weiß nicht, woraus der alte Schneider, der den ganzen folgenden Tag über arbeitete, die physische Ausdauer schöpfte. Allerdings ließ sich nicht übersehen, daß da und dort in den neuen Kleidern der Dorfbewohner ein paar spontane, nicht zu auffällige originelle Details auftauchten, seemännische Elemente vor allem, die ganz eindeutig auf den Einfluß des Romanciers zurückzuführen waren, der als erster gestaunt hätte, hätte er unsere untersetzten Bergler gesehen, die stolz eine Art eng anliegende Matrosenbluse mit abfallenden Schultern und großem, hinten rechteckigem und vorn spitzem, im Wind flatternden Kragen trugen. Sie strömten fast den Geruch des Mittelmeers aus. Die von Dumas geschilderten und von seinem Anhänger, dem alten chinesischen Schneider, genähten hüftengen blauen Seemannshosen mit den schwingenden, verwegen eleganten, unten ausgestellten Hosenbeinen eroberten die Herzen der Frauen im Sturm. Er bat uns, einen fünfzackigen Anker zu entwerfen, der auf dem Berg des Phönix-des-Himmels zum begehrtesten modischen Accessoire wurde. Es gab sogar Frauen, die ihn kunstvoll mit Goldfaden auf winzige Knöpfe stickten. Andere von Dumas minuziös beschriebene modische Details wie zum Beispiel die auf die Banner gestickte Lilie, Mercedes' Mieder und ihr prächtiges Kleid, blieben exklusiv der Tochter des alten Schneiders vorbehalten.

Am Ende der dritten Nacht hätte ein Zwischenfall unseren Erzählnächten beinahe ein Ende bereitet. Es war gegen fünf Uhr morgens. Wir waren an einer entscheidenden Stelle der Handlung angelangt, nach meiner Ansicht die beste Stelle des Romans: in Paris zurück, gelingt es dem Graf von Monte Cristo dank klugem Kalkül, mit seinen drei Todfeinden in Verbindung zu treten, um an ihnen grausame Rache zu üben. Schritt für Schritt spannt er seine diabolischen Fäden. Der Staatsanwalt treibt unaufhaltsam dem Ruin entgegen, die von langer Hand vorbereitete Falle wird über ihm zuschnappen.

Genau in dem Moment, als unser Graf sich um ein Haar in die Tochter des Staatsanwalts verliebt hätte, ging plötzlich die Haustür laut knarrend auf … und auf der Schwelle erschien ein schwarzer Schatten. Der Schatten verjagte mit seiner angeknipsten Taschenlampe den französischen Grafen und holte uns brutal in die Wirklichkeit zurück.

Aja-aja: Es war der Laoban. Er trug eine Schirmmütze. Seine bis zu den Ohren geschwollene Backe wirkte im Dämmerschein gräßlich verzerrt. Wir waren derart in Dumas' Geschichte vertieft gewesen, daß wir die Schritte auf der Stiege nicht gehört hatten.

»Ja grüß Euch«, rief der alte Schneider aufgeräumt. »Welch guter Wind führt Euch her? Ich hab mich schon gefragt, ob ich Euch dieses Jahr überhaupt noch zu Gesicht bekomme. Man hat mir gesagt, Ihr hättet Mordspech mit einem Quacksalber in der Stadt gehabt.«

Der Laoban gönnte ihm keinen Blick. Er richtete den Strahl seiner Taschenlampe auf mich.

»Was ist?« fragte ich möglichst kaltblütig.

»Aufstehen! Wir unterhalten uns im Büro für Staatssicherheit miteinander.«

Wegen seiner Zahnschmerzen konnte er nicht lospoltern, aber sein kaum hörbares Gemurmel war ebenso unheildrohend, denn die Erwähnung dieses Büros bedeutete für die »Feinde des Volkes« in den meisten Fällen Folter und Hölle.

»Wieso?« fragte ich, während ich mit zitternder Hand die Petroleumlampe anzündete.

»Du erzählst reaktionäre Ferkeleien. Ein Glück für unser Dorf, daß ich nie schlafe und Tag und Nacht wache. Ich bin seit Mitternacht hier und habe alles mit angehört – alles! –, deine reaktionären Geschichten vom Grafen Dingsbums.«

»Beruhigen Sie sich, Laoban«, mischte sich Luo ein. »Dieser Graf ist nicht einmal Chinese.«

»Das ist mir schnurzegal. Unsere Revolution wird eines Tages in der ganzen Welt triumphieren! Und ein Graf, egal welcher Nationalität, kann nur ein Reaktionär sein.«

»Warten Sie, Laoban«, fiel ihm Luo ins Wort. »Sie kennen den Anfang der Geschichte nicht. Bevor er sich als Adeliger verkleidete, war der Bursche, von dem die Geschichte handelt, ein armer Seemann, gehörte also laut dem Roten Buch zu den revolutionärsten Arbeiterklassen überhaupt.«

»Laß mich in Frieden mit deinem dummen Geschwätz«, knurrte der Laoban. »Hast du schon mal einen einfachen Arbeiter gesehen, der auf den Gedanken kommt, einen Staatsanwalt hereinzulegen?« Und er spuckte auf den Boden, ein Zeichen, daß es klüger war, sich zu sputen.

Ich ergab mich meinem Schicksal und zog eine dicke Tuchjacke und eine solide Hose an wie jemand, der sich auf einen langen Gefängnisaufenthalt vorbereitet. Als ich meine Hemdtasche leerte, fand ich ein paar Geldstücke, die ich Luo aushändigte, damit sie nicht den Folterknechten der Staatssicherheit in die Hände fielen. Luo warf sie aufs Bett.

»Ich komm mit dir«, sagte er.

»Nein, bleib hier und kümmere dich um alles, egal, was geschieht.« Ich konnte die Tränen kaum zurückhalten. Ich sah in Luos Augen, daß er verstanden hatte, was ich mit »egal, was geschieht« meinte: die Bücher gut verstecken für den Fall, daß ich ihn unter der Folter verraten würde. Ich hatte keine Ahnung, ob ich es ertragen würde, geohrfeigt, geprügelt, ausgepeitscht zu werden, wie das anscheinend während der Verhöre in dem berüchtigten Büro der Fall war. Ich ging mit zitternden Knien wie ein geständiger Gefangener auf den Laoban zu – wie bei meiner ersten Rauferei, als ich mich auf meinen Gegner stürzte, um meinen Mut zu beweisen, aber meine zitternden Knie mich verrieten.

Sein Atem stank nach Zahnfäule. Seine Schlitzaugen mit den drei Blutstropfen starrten mir gnadenlos entgegen. Einen Moment lang glaubte ich, er werde mich am Kragen packen und die Stiege hinunterschmeißen. Doch er rührte sich nicht. Sein Blick schweifte ab, klammerte sich ans Bettgestell, ruhte dann auf Luo. »Erinnerst du dich an das Stückchen Zinn, das ich dir gezeigt habe?« fragte er ihn.

»An das Stückchen Zinn?« antwortete Luo verblüfft.

»Ja, an das Bröckchen, das ich aus der Stadt mitgebracht habe; ich habe dich doch gebeten, es in meinen kranken Zahn zu stecken?«

»Ach so, natürlich, jetzt erinnere ich mich.«

»Ich hab's immer noch«, sagte der Laoban und zog das kleine rote Satinpäckchen aus der Hosentasche.

»Was haben Sie damit vor?« fragte Luo noch verblüffter.

»Wenn du, Sohn eines berühmten Zahnarztes, meinen Zahn flickst, laß ich deinen Freund in Ruhe. Ansonsten bring ich ihn schnurstracks ins Büro für Staatssicherheit, diesen dreckigen Erzähler reaktionärer Geschichten.«

Das Gebiß des Laoban war eine zerklüftete Sierra. Aus dem geschwollenen, dunkelvioletten Zahnfleisch ragten drei Schneidezähne, die an schwarze prähistorische Basaltfelsen erinnerten, während seine Eckzähne aussahen wie verwitterte priembraune Steine aus dem Pleistozän. Die Krone der Backenzähne war stark gerillt, was – stellte der Zahnarztsohn nüchtern in nosologischem Tonfall fest – eindeutig auf eine frühere Syphilis hinwies. Der Laoban wandte den Kopf ab, ohne jedoch die Diagnose zu leugnen.

Der kranke Zahn, Wurzel allen Übels, befand sich zuhinterst im Gaumen, ragte porös, einsam und drohend wie ein Korallenriff neben einer schwarzen Höhle aus dem Zahnfleisch. Es war ein Weisheitszahn, dessen Schmelz und Zahnbein sehr abgenutzt waren und an dem sich Zahnfäule gebildet hatte. Die glitschige, gelblich belegte fleischfarbene Zunge des Laoban sondierte pausenlos die Tiefe der danebenliegenden Höhle, die er dem Pfusch des Zahnarztes im Kreiskrankenhaus verdankte, fuhr dann liebevoll über das einsame Riff, um schließlich sich selbst tröstend zu schnalzen.

Eine verchromte Nähmaschinennadel, etwas dicker als ein Bohrereinsatz, glitt in den aufgesperrten Mund des Laoban und blieb über dem Weisheitszahn stehen, doch kaum berührte sie ganz zart den Zahn, stürzte sich die Zunge des Laoban blitzartig auf den Eindringling und tastete den kalten, metallischen Fremdkörper bis zur Spitze ab. Sie zog sich erschauernd zurück, ging dann, von dem unbekannten Kitzel erregt, wieder zum Angriff über und leckte geradezu wollüstig die Nadel ab.

Der Tritt der Nähmaschine setzte sich unter den Füßen des alten Schneiders in Bewegung. Die mit

Zwirn am Spuler befestigte Nadel begann sich zu drehen; die Zunge zog sich erschrocken zusammen – Luo, der die Nadel zwischen den Fingerspitzen hielt, lockerte seine Hand und brachte sie in die richtige Position. Er wartete ein paar Sekunden, dann beschleunigte der Treter das Tempo, die Nadel nahm die Zahnfäule in Angriff und entlockte dem Patienten einen markdurchdringenden Schrei. Kaum hatte Luo die Nadel zurückgezogen, kugelte der Laoban wie ein alter Gesteinsbrocken vom Bett, das man neben die Nähmaschine gerückt hatte.

»Hättest mich beinah umgebracht!« fauchte er den alten Schneider an. »Spinnst du oder was?«

»Ich hab dir ja gesagt«, entgegnete der alte Schneider, »daß ich das auf den Jahrmärkten gesehen habe. Du hast darauf bestanden, daß wir Zahnschlosser spielen.«

»Tut verdammt weh«, brummte der Laoban.

»Um die Schmerzen kommen wir nicht herum«, stellte Luo sachlich fest. »Wissen Sie, wie schnell ein richtiger elektrischer Zahnbohrer sich dreht? Er macht mehrere hundert Umdrehungen in der Sekunde. Und je langsamer sich die Nadel dreht, desto mehr tut es weh.«

»Versuch's noch mal«, sagte der Laoban grimmig entschlossen und schob seine Schirmmütze zurecht. »Seit einer Woche kann ich weder essen noch schlafen. Besser ein Ende mit Schrecken als ein Schrecken ohne Ende.«

Er schloß die Augen, um die Nadel nicht zu sehen,

doch kaum begann sie sich zu drehen, katapultierte ihn der durchdringende Schmerz aus dem Bett, so daß die Petroleumlampe, über deren Flamme ich den Zinn in einem Löffel schmolz, gefährlich schwankte.

Trotz der mehr als komischen Situation traute sich keiner zu lachen aus Angst, der Laoban könnte auf die Staatssicherheit zurückkommen.

Luo nahm ihm die Nadel aus dem Mund, wischte sie ab, hielt sie prüfend hoch, hielt dann dem Laoban ein Glas Wasser hin, damit er den Mund ausspülen konnte; der aber spuckte Blut auf den Fußboden, direkt neben seine Mütze.

Der alte Schneider meinte erstaunt: »Du blutest ja.«

Luo hob die Mütze auf und setzte sie auf den struppigen Kopf des Laoban. »Wenn Sie wollen, daß ich Ihren faulen Zahn ausbohre«, sagte er, »sehe ich keine andere Lösung, als daß wir Sie auf dem Bett festbinden.«

»Mich fesseln?« heulte der Laoban auf. »Du vergißt wohl, daß ich Kreisabgeordneter bin!«

»Wenn Ihr Körper die Kooperation verweigert, muß man eben aufs Ganze gehen.«

Ich habe mich oft gefragt und frage mich heute noch: Wie konnte dieser Tyrann, dieser Dorfdespot, dieser Leuteschinder einem Vorschlag zustimmen, der ihn in eine ebenso lächerliche wie demütigende Lage brachte? Was für ein Teufel ritt ihn? In jenem Moment hatte ich allerdings keine Zeit, über diese Frage nachzudenken. Luo fesselte ihn flink, und der alte Schneider, dem die schwierige Aufgabe zufiel, mit beiden Händen den Kopf des Patienten festzuhalten, hieß mich, ihn am Pedal abzulösen.

Ich nahm die Verantwortung sehr ernst. Ich zog sogar die Schuhe aus, und als meine Fußballen den Tritt berührten, spürte ich die große Verantwortung auf mir lasten, die sich auf meine Muskeln übertrug.

Sobald Luo mir ein Zeichen gab, setzten meine vom rhythmischen Auf und Ab des Getriebes beflügelten Füße den Spuler in Bewegung. Ich beschleunigte das Tempo wie ein Fahrradfahrer auf einer geraden Landstraße; die Nadel bebte, zitterte, berührte nochmals das gefährliche Riff. Die Berührung löste zuerst ein Knistern im Mund des Laoban aus, der sich wie ein Wahnsinniger in der Zwangsjacke auf dem Bett wälzte. Er war nicht nur mit einem dicken Strick ans Bett gefesselt, sondern sein Kopf war auch noch vom eisernen Zangengriff des alten Schneiders umschlossen, der ihn in einer Stellung festklemmte, die eine unvergeßliche Filmszene abgegeben hätte. Schaum trat auf die Lippen des Laoban, er war leichenfahl im Gesicht und atmete röchelnd.

Plötzlich spürte ich aus meinen Eingeweiden eine sadistische Regung aufsteigen, es war wie eine Eruption: Ich erinnerte mich an die unsäglichen Leiden unserer Umerziehung ... Und hörte abrupt auf zu treten.

Luo blinzelte mir verschmitzt zu.

Ich verlangsamte das Tempo ein zweites Mal, diesmal, um mich für seine Anschuldigungen zu rächen. Die Nadel drehte sich langsam, langsam wie ein erschöpfter Bohrer, der demnächst den Geist aufgibt. Wie schnell drehte sie sich? Eine Umdrehung in der Sekunde? Zwei Umdrehungen? Egal, die verchromte Nähmaschinennadel kam langsam, langsam der Zahnfäule bei. Sie bohrte ... hielt plötzlich inne, als meine Füße eine endlose Pause einlegten, diesmal wie ein Fahrradfahrer, der auf einer abschüssigen Straße vom Pedal geht. Ich setzte eine unschuldige Miene auf. Meine Augen kniffen sich nicht etwa zu zwei haßerfüllten Schlitzen zusammen, o nein. Ich tat so, als prüfte ich den Spuler oder den Riemen. Dann begann sich die Nadel wieder langsam zu drehen, bohrte, als kletterte das Fahrrad mühsam einen steilen Hang hinauf. Die Nadel hatte sich in eine Schere verwandelt, in einen heimtückischen Stichel, der ein Loch in den schwarzen prähistorischen Felsen bohrte und dabei widerliche, gelbe, käsige Marmorstaubwolken auslöste. Was für ein Sadist, dieser Luo! Einer, der seinem Trieb freien Lauf läßt.

Der alte Müller erzählt:

»Ja, ich hab sie gesehen, sie waren beide barfuß bis zum Hals. Ich war wie jede Woche im hinteren Tal Holz schlagen gegangen; ich gehe immer an der kleinen Bucht unter dem Wasserfall vorbei. Wo genau ich sie gesehen habe? Einen oder zwei Kilometer von meiner Mühle entfernt. Der Wildbach stürzt dort ungefähr zwanzig Meter in die Tiefe und ergießt sich in eine kleine, versteckte Bucht. Auf den ersten Blick möchte man meinen, es sei bloß ein Tümpel, aber das Wasser ist tief und dunkelgrün. Sie liegt weit abseits vom Pfad und ist von Felsen umgeben. Es kommt ganz selten jemand dort vorbei.

Ich hab sie nicht gleich gesehen, doch irgend etwas schien die auf den Felsvorsprüngen schlafenden Vögel aufgeschreckt zu haben; sie flatterten auf und flogen laut krächzend über meinen Kopf hinweg.

Ja, es war ein Schwarm Krähen mit roten Schnäbeln, ungefähr ein Dutzend. Wieso weißt du das? Einer war anscheinend über die Störung besonders verärgert, er stürzte sich im Steilflug auf mich und streifte mit seinen Flügeln mein Gesicht. Ich erinnere mich genau an seinen scharfen Raubvogelgeruch.

Das Verhalten der Vögel hat mich neugierig gemacht. Also bin ich nicht meinen gewohnten Weg weitergegangen, sondern wollte einen Blick auf die kleine Bucht am Fuße des Wasserfalls werfen. Und dann habe ich sie gesehen; man sah nur ihre Köpfe über dem Wasser. Sie müssen von hoch oben ins Wasser gesprungen sein und dabei die Krähen aufgescheucht haben.

Dein Dolmetscher? Nein, ich hab ihn nicht gleich erkannt. Ich habe die zwei Körper betrachtet, die sich, zu einer Kugel ineinander verwickelt, im Wasser drehten, untertauchten, wieder auftauchten ... Ich war so erstaunt, daß ich lange brauchte, bis ich begriffen habe, daß ihr Tauchsprung nicht ihre einzige Glanzleistung war. Nein! Sie waren dabei, sich im Wasser zu paaren.

Was sagst du? Koitus? Das ist ein zu gescheites Wort für mich. Wir, die Bergler, sagen paaren. Ich bin kein Spanner, nein. Ich spürte, wie mein runzeliges Gesicht rot wurde. Ich habe in meinem Leben noch nicht so etwas gesehen: im Wasser vögeln! Ich konnte mich nicht von der Stelle rühren. Weißt du, in meinem Alter staunt man nur noch. Ihre verknäuelten Körper trudelten an der tiefsten Stelle in die Tiefe, stiegen wieder an die Oberfläche, ließen sich ans Ufer treiben und haben sich dann auf dem Steinbett im seichten Wasser gewälzt, und die auf die Bucht niederbrennende Sonne verzerrte ihre Umklammerung unter der klaren Wasseroberfläche.

Ich hab mich geschämt, ich geb's zu, nicht, weil ich den Blick nicht von diesem ungewöhnlichen Schauspiel hab wenden können, sondern weil ich plötzlich gespürt habe, daß ich alt bin, daß, abgesehen von meinen alten Knochen, alles schlaff ist an mir. Ja, daß ich es niemals mehr werde treiben können wie die beiden dort unten im Wasser.

Nach der Paarung hat das Mädchen einen Armvoll Laub aus dem Wasser gefischt und um ihre Lenden gewickelt. Sie war eindeutig viel weniger erschöpft als ihr Freund, im Gegenteil, sie sprühte vor Energie und ist seitlich die Felswand hinaufgeklettert. Zwischendurch hab ich sie aus den Augen verloren. Sie ist hinter einem moosbedeckten Felsen verschwunden, dann auf einem anderen aufgetaucht, als wäre sie aus einer Spalte gestiegen. Sie hat ihr Lendentuch zurechtgeschoben, um ihre Musche zu verdecken. Sie wollte auf einen großen Felsblock klettern, etwa zwölf Meter über der kleinen Bucht.

Natürlich hat sie mich nicht sehen können. Ich war hinter einem dichten Gebüsch versteckt. Nein, ich kenne das Mädchen nicht, es ist nie zu meiner Mühle heraufgekommen. Als es auf dem vorspringenden Felsen stand, konnte ich ihren nassen, nackten Körper betrachten. Sie spielte mit ihrem Lendentuch, rollte es über ihrem nackten Bauch hoch bis unter ihre jungen Brüste mit den spitzen geröteten Nippeln.

Die Krähen mit den roten Schnäbeln sind zurückgekehrt. Sie haben sich im Kreis auf den schmalen Felsvorsprung gesetzt.

Plötzlich ist sie zwei, drei Schritte zurückgetreten und hat sich mit weit ausgebreiteten Armen in die

Luft geschwungen wie eine am Himmel segelnde Schwalbe.

Die Krähen sind aufgeflattert. Doch bevor sie davongeflogen sind, haben sie sich zusammen mit dem Mädchen, das sich in eine segelnde Felsenschwalbe verwandelt hat, mit aufgespannten Flügeln in die Tiefe gestürzt. Es flog, bis es knapp über dem Wasser die Arme lang ausstreckte, ins Wasser tauchte und verschwand.

Ich habe nach ihrem Freund Ausschau gehalten. Er saß nackt am Ufer, mit geschlossenen Augen an einen großen Stein gelehnt. Sein Ding war schlaff und schläfrig.

Da habe ich plötzlich den Eindruck gehabt, daß ich den Jungen schon einmal gesehen habe, konnte mich aber nicht erinnern, wo. Ich bin gegangen, und erst im Wald, als ich mich darangemacht habe, einen Baum zu fällen, habe ich mich erinnert, daß es der junge Dolmetscher war, der dich begleitet hat, als du mich vor ein paar Monaten aufgesucht hast.

Er hat Glück gehabt, dein falscher Dolmetscher. Nichts vermag mich noch zu erschüttern, und ich hab nie jemand denunziert. Sonst hätt er wohl Probleme mit denen von der Staatssicherheit bekommen, das kannst du mir glauben.«

L uo erzählt:
»Woran ich mich erinnere? Ob sie gut schwimmt? Ja, sie ist eine wunderbare Schwimmerin, sie schwimmt jetzt wie ein Delphin. Früher? Nein, da schwamm sie wie die Bauern, bloß mit den Armen und mit den Beinen strampelnd. Bevor ich ihr das Brustschwimmen beigebracht habe, konnte sie nicht einmal die Arme richtig ausbreiten, sie schwamm wie ein Hund. Doch sie hat den Körper einer richtigen Schwimmerin. Ich hab ihr bloß ein, zwei Dinge beibringen müssen. Jetzt kann sie richtig schwimmen, sie beherrscht sogar den Schmetterlingsstil; sie wiegt sich rhythmisch in den Lenden, ihr Oberkörper taucht in einer perfekten aerodynamischen Kurve aus dem Wasser, ihre Arme öffnen sich weit, und ihre Beine peitschen das Wasser wie der Schwanz eines Delphins.

Was sie ganz allein entdeckt hat, das sind die gefährlichen Sprünge. Ich hab panische Angst vor der Höhe, also hab ich's nie versucht. In unserem Wasserparadies, einer abgelegenen, einsamen Bucht, wo das Wasser sehr tief ist, bleibe ich unten, wenn sie auf einen der hohen Felsen klettert, um herunterzuspringen, und betrachte sie aus der Froschperspektive, doch selbst dann wird mir schwindlig, und der Felsen verschmilzt mit den großen Ginkgobäumen, die sich wie Schattenfiguren dahinter abzeichnen. Sie ist winzig klein, wie eine in den Baumwipfeln hängende Frucht. Sie ruft mir etwas zu, aber es ist nur das leise Rascheln einer Frucht. Ein fernes, kaum wahrnehmbares Geräusch, das im Rauschen des Wasserfalls untergeht. Plötzlich löst sich die Frucht und schwebt durch die Luft, fliegt durch den Wind auf mich zu, verwandelt sich in einen schlanken, purpurnen Pfeil, der kopfüber geräuschlos ins Wasser taucht.

Bevor er eingesperrt wurde, pflegte mein Vater zu sagen, daß man das Tanzen nicht lehren könne. Er hatte recht; es ist wie das Tauchspringen oder wie Gedichte schreiben: Man muß es selber entdecken. Es gibt Menschen, die das ganze Leben trainieren, aber wie ein Stein ins Wasser plumpsen und niemals zu einer durch die Luft fliegenden Frucht werden.

Ich besaß einen Schlüsselring, den meine Mutter mir zum Geburtstag geschenkt hatte, einen vergoldeten Ring, der mit winzigen, dünnen, zartgrün geäderten Jadeblättern verziert war. Ich trug ihn immer bei mir, es war mein Glücksbringer. Obschon ich nichts besitze, habe ich jede Menge Schlüssel daran befestigt: die Schlüssel zu unserer Wohnung in Chengdu, die meines persönlichen Schubfaches unter dem meiner Mutter, die Küchenschlüssel, überdies ein Taschenmesser, einen Nagelknipser ... Kürzlich hatte ich auch den Dietrich hinzugefügt, den wir aus einem Nagel gebastelt hatten, um Brillenschangs Bücher zu stehlen.

Ich hatte ihn sorgfältig, als Erinnerung an einen erfolgreichen Einbruch, aufbewahrt.

Eines Nachmittags im September ging ich zusammen mit der Kleinen Schneiderin zu unserer einsamen kleinen Bucht. Das Wasser war ein bißchen kühl. Ich las ihr ein Dutzend Seiten aus Balzacs *Verlorene Illusionen* vor. Dieses Buch hatte mich übrigens weniger beeindruckt als *Der alte Go*. Sie fing eine Schildkröte zwischen den Steinen auf dem Grund der Bucht; ich hab mit dem Taschenmesser die Köpfe der zwei ehrgeizigen Langnasen in den Panzer des Tieres geritzt, und dann ließen wir sie wieder laufen. Die Schildkröte verschwand schleunigst. Und ich hab mich gefragt: Wer wird mich eines Tages aus diesem Berg befreien?

Eine sinnlose Frage natürlich, aber sie löste eine Flut schmerzlicher Gedanken in mir aus. Ich hatte einen schrecklichen Durchhänger. Ich klappte das Taschenmesser zu und betrachtete, einen nach dem andern, die am Ring befestigten Schlüssel: die Schlüssel zu unserer Wohnung in Chengdu, die ich nie wieder brauchen würde. Und mir kamen die Tränen. Ich war eifersüchtig auf die Schildkröte, die frei herumlaufen konnte.

In meiner Verzweiflung schleuderte ich den Schlüsselring ins Wasser. Und sie sprang mit einem Kopfsprung hinterher, um ihn heraufzuholen. Sie blieb endlos lange unten, und ich begann, mir Sorgen zu machen. Das Wasser war reglos, dunkel, unheimlich, nicht die kleinste Luftblase stieg an die Oberfläche. Ich rief: ›Wo bist du denn?‹ Ich rief ihren Namen und ihren Spitznamen: ›Kleine Schneiderin, wo steckst du?‹ Dann sprang ich ebenfalls ins Wasser. Plötzlich sah ich sie direkt vor mir: Sie stieg mit geschmeidigen Bewegungen an die Oberfläche wie ein Delphin. Ihr langes Haar schwebte wie ein Schleier im Wasser. Ein märchenhafter Anblick.

Als ich auftauchte, sah ich meinen Schlüsselring zwischen ihren Lippen, an denen Wassertröpfchen funkelten.

Sie ist bestimmt der einzige Mensch auf der Welt, der fest daran glaubt, daß ich eines Tages aus der Umerziehung entlassen werde und dann meine Schlüssel brauche.

Seit jenem Nachmittag wurde das Heraufholen des Schlüsselrings zu unserem bevorzugten Zeitvertreib. Ich war ganz verrückt danach, nicht wegen irgendwelcher Zukunftsdeutungen, sondern einzig und allein, um ihren verzaubernden nackten Körper mit dem fast durchsichtigen Lendentuch aus zitterndem Laub zu bewundern, der sich geschmeidig im Wasser bewegte. Sie schwamm und tauchte wie ein Delphin.

Doch dann haben wir den Schlüsselring im Wasser verloren. Ich hätte sie mit allen Mitteln daran hindern sollen, ein zweites Mal nach dem Schlüssel zu tauchen. Zum Glück ist nichts passiert. Doch wie auch immer, ich mag nicht mehr zu der kleinen Bucht gehen.

Als ich an jenem Abend ins Dorf zurückkehrte, erwartete mich das Telegramm, mit dem mir mitgeteilt wurde, meine Mutter liege im Krankenhaus und verlange dringend nach mir.

Der Laoban hat mir wahrscheinlich wegen meiner erfolgreichen Zahnbehandlung einen Monat Urlaub zugestanden. Ich reise morgen früh ab. Die Ironie des Schicksals will es, daß ich ohne Schlüssel nach Hause komme.«

Die Kleine Schneiderin erzählt:

»Wenn Luo mir aus einem Roman vorlas, hatte ich das Bedürfnis, mich ins kühle Wasser des Wildbachs zu stürzen. Warum? Um mich tüchtig auszutollen! So, wie einem manchmal das Herz überfließt.

Auf dem Grund der Bucht lag ein großer, runder, bläulicher Schatten; man sah die Dinge wie durch einen dunklen Schleier. Zum Glück landete Luos Schlüsselring jedesmal fast an der gleichen Stelle in einem Umkreis von ein paar Quadratmetern. Die Steine sah man kaum; einige waren wie helle, weißschimmernde Eier, sie lagen seit Jahren, vielleicht seit Jahrhunderten dort. Andere wiederum erinnerten mich an Menschenköpfe, und manchmal waren sie geschweift wie Büffelhörner. Ehrlich. Hin und wieder, aber eher selten, fand man kantige, spitze, scharfe Steine, und man mußte höllisch aufpassen, daß man sich nicht daran verletzte und sie einem nicht ins Fleisch schnitten. Es gab auch Muscheln, weiß der Himmel, woher die kamen. Sie hatten sich in Steine verwandelt und waren mit zartem Moos bewachsen und gut versteckt im felsigen Grund, doch man spürte, daß es Muscheln waren.

Wieso? Wieso es mir Spaß machte, Luos Schlüsselring heraufzuholen? Ach so. Verstehe. Du denkst bestimmt, ich sei läppisch wie ein Hund, der nach dem Knochen rennt, den sein Meister ihm wirft. Ich bin nicht wie die französischen Mädchen in Balzacs Romanen. Ich bin ein Kind der Berge. Ich mache Luo gern eine Freude. Das ist alles.

Was beim letzten Mal passiert ist? Das ist mindestens schon eine Woche her. Es war kurz bevor Luo das Telegramm von zu Hause erhalten hat. Zuerst sind wir ein bißchen geschwommen, dann haben wir Maisbrote, Eier und ein paar Früchte gegessen, die ich von zu Hause mitgebracht habe, während Luo mir ein kurzes Kapitel aus der Geschichte des französischen Seemannes vorlas. Weißt du, die berühmte Geschichte von einem Seemann, der dann ein Graf geworden ist, die, die du meinem Vater erzählt hast. Er war hin und weg von dieser Geschichte, mein Vater. Luo hat mir nur eine kurze Szene erzählt, jene, in welcher der Graf die Frau wiederfindet, mit der er als junger Mann verlobt gewesen war, also die Frau, derentwegen er zwanzig Jahre im Knast gesessen hat. Sie tut so, als ob sie ihn nicht erkennt. Sie spielt so gut, daß man ihr fast glaubt, daß sie sich wirklich nicht mehr an ihre Vergangenheit erinnert. Ich war ganz erschlagen.

Wir wollten ein Mittagsschläfchen machen, aber ich konnte die Augen einfach nicht zumachen, ich mußte ständig an jene Szene denken. Weißt du, was wir dann gemacht haben? Wir haben gespielt, als wäre Luo Monte Cristo und ich seine einstige Verlobte und wir würden uns zwanzig Jahre später irgendwo begegnen.

Ich habe sogar improvisiert, die Sätze kamen mir spontan über die Lippen, einfach so. Auch Luo ist ganz in die Haut des ehemaligen Seemannes geschlüpft. Er liebte mich immer noch. Mein Verhalten hat ihm das Herz gebrochen, dem Ärmsten, man hat es seinem Gesicht angesehen. Er warf mir einen harten, haßerfüllten Blick zu, als hätte ich wirklich den Freund geheiratet, der ihn in eine Falle gelockt hatte.

Daß man jemand spielen kann, der man nicht ist, und man trotzdem man selbst bleibt, das war eine ganz neue Erfahrung für mich: zum Beispiel eine reiche, zufriedene Frau spielen, auch wenn ich es überhaupt nicht bin. Luo hat gesagt, daß ich eine gute Schauspielerin abgeben würde.

Nach dem Theater folgte das gewohnte Spiel. Luos Schlüsselring landete wie ein Kieselstein mehr oder weniger an der üblichen Stelle. Ich bin mit einem Kopfsprung ins Wasser getaucht. Ich habe jeden Stein und die düstersten Ritzen Zentimeter um Zentimeter abgetastet … und plötzlich habe ich in der fast völligen Dunkelheit eine Schlange berührt! Igittigitt! Ich habe seit Jahren keine Schlange mehr berührt, doch selbst unter Wasser habe ich auf der Stelle ihre kalte, glitschige Haut erkannt. Ich bin blitzschnell an die Oberfläche gestiegen.

Woher die Schlange kam? Keine Ahnung. Sie ist vielleicht vom Wildbach hinuntergespült worden; vielleicht war es eine hungrige Natter, die ein neues Revier suchte.

Ein paar Minuten später bin ich trotz Luos Verbot

nochmals getaucht. Ich wollte die Schlüssel nicht einfach einer Schlange überlassen.

Doch diesmal hab ich Angst gehabt, schreckliche Angst. Der Gedanke an die Schlange machte mich total nervös. Selbst unter Wasser spürte ich kalten Schweiß über meinen Rücken laufen. Die reglosen Steine auf dem Grund schienen sich plötzlich alle zu bewegen und rund um mich herum lebendig zu werden. Kannst du dir das vorstellen? Ich bin wieder an die Oberfläche gestiegen, um Luft zu holen.

Das dritte Mal hab ich den Schlüsselring endlich entdeckt. Er glänzte ganz schwach, doch als ich ihn mit der Hand berührt habe, spürte ich einen Schlag auf dem rechten Handgelenk: den schmerzhaften Biß eines Hakenzahns, es brannte wie Feuer, und ich bin geflohen und habe den Schlüsselring liegenlassen.

In fünfzig Jahren wird man die häßliche Narbe an meinem Finger noch sehen. Da, schau.«

Luo war abgereist. Er würde einen Monat weg sein.

Ich schätzte es, hin und wieder allein zu sein, zu tun und zu lassen, was ich wollte, zu essen, wann ich Lust hatte. Ich wäre der glückliche Herr und Meister unseres Pfahlhauses gewesen, hätte Luo am Tag vor seiner Abreise mir nicht eine delikate Mission anvertraut.

»Ich möchte dich um einen Gefallen bitten«, hatte er geheimnisvoll zu mir gesagt. »Ich zähle darauf, daß du in meiner Abwesenheit gut auf die Kleine Schneiderin aufpaßt.«

Er behauptete, sie werde von vielen jungen Berglern umschwärmt, die »jungen Umerzogenen« mit eingeschlossen. Seine Abwesenheit nutzend, würden alle potentiellen Nebenbuhler in Scharen zur Schneiderwerkstatt pilgern und sich gegenseitig einen gnadenlosen Krieg liefern. »Vergiß nicht«, sagte er, »sie ist die begehrteste Schönheit des Phönix-des-Himmels.« Meine Aufgabe bestand darin, täglich an ihrer Seite zu sein und die Pforte zu ihrem Herzen zu bewachen, um ja keinem Rivalen die kleinste Chance zu lassen, in ihr Privatleben einzudringen, sich in eine Domäne einzuschleichen, die einzig und allein ihm, Luo, gehörte, meinem General.

Überrascht und geschmeichelt nahm ich das Amt an. Daß er mich vor seiner Abreise um diesen Dienst bat, war der Beweis, daß Luo mir grenzenloses Vertrauen schenkte; als hätte er mir einen märchenhaften Schatz anvertraut, die angehäuften Reichtümer seines Lebens, ohne zu befürchten, ich könnte sie ihm stehlen.

Damals hatte ich nur einen Wunsch: mich dieses Vertrauens würdig zu erweisen. Ich stellte mir vor, ich wäre General einer flüchtenden Armee, der eine riesige Wüste durchqueren muß, um die Frau seines besten Freundes, eines anderen Generals, in Sicherheit zu bringen. Ich würde jede Nacht mit einem Revolver und einer Maschinenpistole bewaffnet vor dem Zelt dieser göttlichen Frau Wache stehen, um die mit gierigen, in der Dunkelheit phosphoreszierenden Augen lauernden Raubtiere in die Flucht zu jagen. Einen Monat später würden wir die Wüste hinter uns lassen, nachdem wir gemeinsam die schlimmsten Prüfungen überstanden hatten: Sandstürme, Hunger, meuternde Soldaten … Und wenn die Frau endlich meinem Freund entgegenlief, dem General, wenn sie einander in die Arme fielen, würde ich auf dem Gipfel der letzten Düne erschöpft und verdurstet das Bewußtsein verlieren.

Und so begegnete man am Tag nach Luos Abreise jeden Morgen auf dem Pfad, der zum Dorf der Kleinen Schneiderin führte, einem ernst blickenden, forsch ausschreitenden Polizisten in Zivil. Einem hartnäckigen Polizisten. Es war Herbst, der Polizist kam zügig voran wie ein vor dem Wind segelndes Schiff. Doch hinter dem ehemaligen Pfahlhaus des Brillenschangs bog der Pfad nach Norden ab, und der Polizist mußte jetzt mit gesenktem Kopf gegen den Wind stapfen wie ein Wind und Wetter trotzender Wanderer. Bei der gefährlichen, dreißig Zentimeter breiten Mure, die beidseitig schwindelerregend in die Tiefe abfiel, bei dem berüchtigten Steig, über den der Pilgerweg zum Tempel der Schönheit führte, verlangsamte er den Schritt. Aber er ging jeden Tag siegreich aus seinem Kampf gegen die Höhenangst hervor. Er überquerte leicht schwankend den Steig, jedoch ohne sich hinzuhocken, den Blick fest auf die gleichgültig blickenden Knopfaugen der Krähe mit dem roten Schnabel gerichtet, die wie immer auf der gegenüberliegenden Seite auf ihrem Felsen saß.

Beim kleinsten Fehltritt hätte unser schlafwandelnder Polizist in den Abgrund stürzen können, ob in den linker Hand oder in den rechter Hand.

Plauderte unser verdeckter Polizist mit der Krähe, brachte er ihr ein paar Brotbröckchen? Soviel ich weiß, nicht. Er war beeindruckt, gewiß, und selbst nach Jahren würde er sich an den gleichgültigen Blick des Vogels erinnern. Nur gewisse Gottheiten legen eine solche Gleichgültigkeit an den Tag. Doch der Vogel vermochte unseren Polizisten nicht zu erschüttern, der nur eines im Kopf hatte: seine Mission.

Man beachte, daß die einst von Luo getragene Bambushotte nun am Rücken unseres Polizisten hing. Ein von Fu Lei übersetzter Roman von Balzac war nach wie vor zuunterst unter Laub, Gemüse, Reis- oder Maiskörnern versteckt. Wenn der Himmel tief verhangen war, sah man aus der Ferne nur eine einsame Hotte den Pfad hochklettern und in den grauen Wolken verschwinden.

Die Kleine Schneiderin hatte natürlich keine Ahnung, daß sie unter besonderem Schutz stand, und betrachtete mich schlicht als stellvertretenden Vorleser.

Ich bildete mir nichts darauf ein, ganz bestimmt nicht, aber meine Art vorzulesen – besser gesagt, meine besondere Art vorzulesen – schien meiner Zuhörerin fast ein bißchen besser zu gefallen als die meines Vorgängers. Eine ganze Seite laut vorzulesen war unerträglich langweilig, also ging ich zu einer ungefähren Lektüre über, das heißt, ich las zuerst zwei, drei Seiten oder ein kurzes Kapitel, während die Kleine Schneiderin an der Nähmaschine saß, legte eine kurze Pause ein, stellte ihr dann eine Frage oder forderte sie auf zu erraten, wie die Handlung weiterging. Nachdem sie geantwortet hatte, erzählte ich, sozusagen Abschnitt für Abschnitt, was im Buch stand. Ich konnte es mir allerdings nicht verkneifen, da und dort ein paar Kleinigkeiten hinzuzufügen, sagen wir einmal, kleine, persönliche Pinselstriche, damit die Geschichte ihr noch besser gefiel. Es kam sogar vor, daß ich Situationen erfand oder Episoden aus einem anderen Roman einflocht, wenn ich der Ansicht war, der alte Balzac wirke etwas ausgelaugt.

Und was war mit dem Gründer der Schneiderdynastie, dem Oberhaupt des Familienbetriebes? Seine Aufenthalte zwischen zwei Kundenfahrten in den umliegenden Dörfern beschränkten sich in der Regel auf zwei oder drei Tage. Er gewöhnte sich schnell an meine täglichen Besuche und war der bestmögliche Komplize meiner Mission, denn der Schwarm der als Kunden verkleideten Verehrer traute sich nicht in seine Nähe. Er hatte die neun in unserem Pfahlhaus verbrachten Nächte nicht vergessen, als ich ihm die Geschichte des *Grafen von Monte Cristo* erzählte. Ein Vergnügen, das sich nun in seinem Haus wiederholte. Etwas weniger leidenschaftlich vielleicht, aber immer sehr aufmerksam, war er der zeitweilige Zuhörer von *Vetter Pons*, einer ziemlich düsteren Geschichte, auch sie von Balzac. Rein zufällig handelte es sich dreimal um eine Episode, in der Cibot, der Schneider, auftritt, eine Nebenfigur, die hinterlistig von Rémonencq ins Verderben getrieben wird.

Kein Polizist auf der ganzen Welt widmete sich hingebungsvoller als ich der Erfüllung seiner Mission. Zwischen zwei Kapiteln aus *Vetter Pons* beteiligte ich mich freiwillig an den Hausarbeiten; ich war's, der täglich das Wasser am gemeinschaftlichen Zapfhahn holte, zwei große Holzeimer an einer über die Schultern gelegten Bambusstange, um das Familienreservoir der jungen Schneiderin zu füllen. Ich bereitete oft ihre Mahlzeiten zu und entdeckte die bescheidene Genugtuung, die einem gewisse geduldige kulinarische Handgriffe bereiten: Gemüse putzen, Fleisch klein schneiden, mit einer stumpfen Axt Holzscheite spalten, das Holz zum Brennen bringen, mit List und Tücke das Feuer unterhalten, das ständig auszugehen drohte. Manchmal blieb mir nichts anderes übrig, als mit aufgeblähten Backen ins Feuer zu blasen, um inmitten eines dicken, erstickenden Ascheregens mit meinem ungestümen jugendlichen Atem die Flammen anzufachen. Es dauerte nicht lange, und die von Balzacs Romanen gelehrte Höflichkeit und Achtung gegenüber der Frau verwandelte mich – wen wundert's – in jenem Winter, als die Kleine Schneiderin mit Bestellungen überhäuft war, sogar in einen Wäscher, der im Dorfbach die Wäsche einseifte und rumpelte und klatschte und spülte.

Diese unschuldige Zähmung führte zu einer intimeren Annäherung an die Weiblichkeit. Die Balsamine, sagt euch das etwas? Man findet sie überall in den Blumengeschäften oder auf den Fensterbänken. Es gibt eine gelbe und eine blutrote Sorte, deren Fruchtkapsel anschwillt und bei der kleinsten Berührung aufspringt und die Samen in die Luft schleudert. Die Balsamine war die emblematische Königin des Bergs des Phönix-des-Himmels, denn in ihrer Form kann man angeblich den Kopf, die Flügel, die Füße und selbst den Schwanz des Phönix erkennen.

Eines Spätnachmittags befanden wir uns, vor neugierigen Blicken geschützt, allein in der Küche hinter dem Haus. Der Polizist, der die Funktion des Vorlesers, des Geschichtenerzählers, des Kochs, des Wäschers ausübte, war eben dabei, die Finger der Kleinen Schneiderin liebevoll in einem Holzbecken zu waschen, danach pinselte er behutsam wie eine perfekte Maniküre den dickflüssigen Saft der zerstampften Balsaminenblüte auf jeden einzelnen Fingernagel.

Die Finger der Kleinen Schneiderin waren weich und zart und nicht von der Feldarbeit entstellt wie die der Bäuerinnen; am Mittelfinger der linken Hand war eine rosafarbene Narbe, die zweifellos von den Zähnen der Schlange in der kleinen Liebesbucht herrührte.

»Von wem hast du diese Mädchentricks?« fragte die Kleine Schneiderin.

»Von meiner Mutter. Wenn du morgen die Stoffschnipselchen entfernst, die ich jetzt um deine Nägel binde, sind deine Nägel leuchtendrot, als hättest du sie lackiert.«

»Hält die Farbe lange?«

»Ungefähr zehn Tage.«

Ich hätte sie gern gebeten, am nächsten Morgen ihre roten Fingernägel küssen zu dürfen ... nur einen, als Entschädigung für mein kleines Meisterwerk, die noch frische Narbe an ihrem Mittelfinger zwang mich jedoch, die von meinem Status diktierten Verbote zu achten und das gegenüber dem General eingegangene ritterliche Versprechen einzuhalten.

Als ich an jenem Abend mit meiner Bambushotte, in der *Vetter Pons* lag, nach Hause stapfte, bekam ich die Eifersucht der Dorfbewohner zu spüren. Kaum war ich in den Bergpfad eingebogen, tauchte eine Gruppe von ungefähr zwei Dutzend junger Burschen hinter mir auf und folgte mir stumm.

Ich warf ihnen einen Blick über die Schulter zu: Die grimmige Feindseligkeit in ihren jungen Gesichtern verhieß nichts Gutes. Ich ging schneller.

Plötzlich hörte ich hinter mir eine Stimme, die übertrieben meinen städtischen Akzent nachäffte: »Tse-tse, Fräulein Kleine Schneiderin, gestatten Sie mir, Ihre Wäsche zu waschen?«

Ich wurde rot bis über die Ohren, denn sie machten sich ganz eindeutig über mich lustig. Ich wandte mich um, um den Anstifter dieser häßlichen, aber nicht aus der Luft gegriffenen Farce ausfindig zu machen: Es war der Hinkefuß des Dorfes, der älteste in der Gruppe, der hämisch grinsend eine Steinschleuder schwenkte wie einen Dirigentenstab.

Ich tat nicht dergleichen und ging weiter, während mich die Gruppe einkreiste, mich stupste, im Chor Hinkefuß' »Tse-tse, Fräulein-Kleine-Schneiderin« brüllte und dann in rohes Gelächter ausbrach.

Die Situation wurde langsam bedrohlich.

Einer der Burschen drängte sich vor und hielt mir feixend den Finger unter die Nase: »Ho-ho, du drekkiger Höschenwäscher der Kleinen Schneiderin.«

Es war wie eine schallende Ohrfeige. Meine Gegner hatten mich in der Hand. Ich brachte kein Wort hervor und konnte auch meine Verlegenheit nicht verbergen, hatte ich doch eines ihrer Höschen gewaschen.

In dem Moment überholte mich der Hinkefuß, versperrte mir den Weg, stieg aus seiner Hose, zog seine Unterhose aus, entblößte sein schrumpeliges Glied zwischen dem struppigen Schamhaar.

»Nimm, wasch doch bitte auch meins!« brüllte er, das Gesicht zu einer schweinischen Fratze entstellt. Er schwenkte seine schmutzige, gräulichgelbe, gestopfte Unterhose über seinem Kopf.

Ich war so wütend, daß ich kein Wort hervorbrachte. Ich zitterte an allen Gliedern und hätte am liebsten losgeheult.

Ich erinnere mich nicht mehr genau, was dann geschah. Ich weiß nur noch, daß ich plötzlich einen Anlauf nahm und mich, die Hotte herumwirbelnd, auf den Hinkefuß stürzte. Ich wollte sie ihm ins Gesicht schleudern, aber er wich aus, und ich traf ihn bloß an der Schulter. Ich hatte keine Chance, sie waren in der Überzahl. Zwei kräftige Kerle packten mich und drehten mir die Arme auf den Rücken, meine Hotte barst auseinander und verstreute den Inhalt auf dem Weg: Zwei zerbrochene Eier liefen auf einem Kohlblatt aus und befleckten den Einband von *Vetter Pons,* der elendiglich im Dreck lag.

Stille trat ein. Meine Angreifer, das heißt der Schwarm der beleidigten Verehrer der Kleinen Schneiderin, starrten entgeistert auf den fremden Gegenstand: ein Buch! Sie gingen vorsichtig darauf zu und bildeten einen Kreis darum herum. Der hinkende Sansculotte kauerte nieder, schlug das Titelblatt auf mit dem Schwarzweißporträt von Balzac mit seinem langen Bart und dem ergrauten Schnauzbart.

»Ist das Karl Marx?« fragte einer den Hinkefuß. »Du solltest es wissen, bist ja weiter herumgekommen als wir.«

Der Hinkefuß wußte nicht recht, was antworten.

»Oder ist's vielleicht Lenin?« fragte ein anderer.

»Oder Stalin ohne Uniform?«

Die allgemeine Ratlosigkeit nutzend, befreite ich mich wild entschlossen und stürzte mich mit einem Kopfsprung auf *Vetter Pons.* »Finger weg«, brüllte ich, als handle es sich um eine Bombe.

Bis der Hinkefuß begriff, was los war, hatte ich ihm das Buch entrissen und war im Wald verschwunden.

Geschleuderte Steine und wütendes Geschrei verfolgten mich eine Zeitlang. »Dreckiger Höschenwäscher! Feigling! Wir erziehen dich schon noch!« Ein Stein traf mein linkes Ohr, ein heftiger Schmerz durchzuckte mich und machte mich taub. Instinktiv führte ich die Hand ans Ohr, Blut lief über meine Finger.

Hinter mir nahmen die Beschimpfungen an Lautstärke und Obszönität zu. Die Stimmen prallten an den Felswänden ab, hallten zwischen den Gipfeln und verwandelten sich in Lynchdrohungen, in Warnungen. Dann hörte das Geschrei auf. Stille.

Auf dem Heimweg beschloß der verletzte Polizist blutenden Herzens, seine Mission aufzugeben.

Die Nacht war endlos lang. Unser ausgestorbenes Pfahlhaus kam mir feuchter, düsterer, trostloser denn je vor. Der kalte, ranzige, schimmelige, intensive, hartnäckige Geruch eines unbewohnten Hauses, ein leicht erkennbarer Geruch klebte an den Wänden, an den Möbeln, überall. Um mein schmerzendes Ohr zu vergessen, las ich in jener Nacht im Licht von zwei oder drei Petroleumlampen mein Lieblingsbuch nochmals:

Johann Christof. Doch selbst der rußige Rauch der Petroleumlampen vermochte den Geruch nicht zu vertreiben, in dem ich mich unendlich allein fühlte.

Das Ohr blutete nicht mehr, aber es war blau und geschwollen, es schmerzte und hinderte mich am Lesen. Ich betastete es vorsichtig, und erneut durchzuckte mich ein heftiger Schmerz, der meinen Zorn auflodern ließ.

Jene Nacht, ich werde sie nicht mehr vergessen, aber selbst viele Jahre später kann ich mir meine damalige Reaktion nicht erklären. Mein Ohr schmerzte. Ich wälzte mich unruhig in meinem Bett, das wie mit tausend Nadeln besteckt war. Und statt mir vorzustellen, wie ich mich rächen und dem eifersüchtigen Hinkefuß das Ohr abschneiden würde, sah ich mich erneut von der gleichen Bande angegriffen. Ich war an einen Baum gefesselt. Man folterte mich, man lynchte mich. Die letzten Sonnenstrahlen ließen ein Messer in der Hand des Hinkefuß aufblitzen. Es war kein gewöhnliches Fleischermesser; die schmale Klinge war lang und spitz. Der Hinkefuß fuhr hämisch grinsend mit der Fingerkuppe über die Schneide, dann hob er die Waffe und schnitt schwupps mein linkes Ohr ab. Das Ohr fiel zu Boden, hüpfte ein paarmal auf und ab, während mein Folterknecht die blutverschmierte Klinge abwischte. In dem Moment erschien die in Tränen aufgelöste Kleine Schneiderin und unterbrach die grausame Lynchjustiz, und die Hinkefuß-Bande suchte das Weite.

Ich sah, wie mich das Mädchen mit den blutrot

gefärbten Fingernägeln losband. Ich nahm ihre Finger, steckte sie in den Mund, leckte sie mit meiner glühenden Zungenspitze gierig ab. Sie ließ mich gewähren. Der eingedickte Saft der Balsamine, des Emblems unseres Berges, auf ihren funkelnden Fingernägeln schmeckte süßlich und eine Spur nach Moschus, was mich erregte. Durch den Speichel wurde das Rot leuchtender, intensiver, weichte sich dann auf und verwandelte sich in meinem Mund in glühende, zischende, sich blähende, brodelnde Lava.

Dann ergoß sich der Lavastrom, einen Weg suchend, über meinen gemarterten Körper, schlängelte sich über die kontinentale Ebene, floß um meine Brustwarzen, glitt auf meinen Bauch zu, kam vor meinem Bauchnabel zum Stehen, versickerte in meinem Bauchfell, verlor sich in den Windungen meiner Blutbahnen und meiner Eingeweide und fand schließlich den Weg, der zur Quelle meines erwachten, lodernden, anarchischen Mannseins führte, das die Mündigkeit erreicht hatte und sich weigerte, den scheinheiligen Zwängen zu gehorchen, die der Polizist sich auferlegt hatte.

Die letzte Petroleumlampe flackerte auf und verlöschte, ließ den Polizisten auf dem Bauch liegend in der Dunkelheit zurück, der sich einem nächtlichen Verrat überließ und seine Hose beschmutzte.

Die Leuchtzeiger des Weckers zeigten auf Mitternacht.

I ch hab Ärger«, sagte die Kleine Schneiderin.
Es war am Tag nach dem Überfall ihrer gieprigen Verehrer. Wir saßen in der Küche, in grünen, dann wieder gelben Rauch und in den faden Geruch des garenden Reises gehüllt. Sie schnitt Gemüse klein, und ich unterhielt das Feuer, während ihr Vater, der ausnahmsweise nicht unterwegs war, in der großen Stube nähte; man hörte das vertraute Surren der Nähmaschine. Anscheinend hatten weder er noch seine Tochter etwas von dem Zwischenfall erfahren. Seltsam, daß sie die Quetschung an meinem linken Ohr nicht bemerkt hatte. Ich war in Gedanken so sehr damit beschäftigt, nach einem Vorwand für meine Abdankung zu suchen, daß die Kleine Schneiderin ihren Satz wiederholen mußte.

»Ich hab großen Ärger.«

»Mit Hinkefuß' Bande?«

»Nein.«

»Wegen Luo?«

»Auch nicht«, sagte sie niedergeschlagen. »Ich mach mir Vorwürfe, aber es ist zu spät.«

»Wovon sprichst du?«

»Mir ist ständig übel. Ich hab heute morgen wieder erbrochen.«

Ich sah Tränen über ihr Gesicht laufen und schwer auf die Kohlblätter in ihren Händen mit den blutroten Fingernägeln tropfen. Ich spürte einen Stich im Herz.

»Mein Vater wird Luo umbringen, wenn er's erfährt«, sagte sie lautlos weinend.

Sie hatte seit zwei Monaten ihre Tage nicht mehr gehabt, hatte aber Luo nichts davon gesagt, der doch immerhin verantwortlich, ja sogar schuld an dieser Verzögerung war. Als er abreiste, hatte sie sich noch keine Gedanken gemacht.

Im ersten Moment wühlten mich die ungewohnten Tränen mehr auf als ihr unerwartetes Geständnis. Ich hätte sie am liebsten in die Arme genommen und sie getröstet. Ich litt, sie leiden zu sehen, doch das Surren der Nähmaschine holte mich in die Wirklichkeit zurück.

Trotz meiner praktisch totalen Unkenntnis in geschlechtlichen Dingen war mir die Tragweite dieser zwei Monate Verzögerung klar. Ich weiß nicht, wie ich sie hätte trösten können.

Ich ließ mich von ihrer Ratlosigkeit anstecken und verdrückte verstohlen zwei Tränen, als handelte es sich um mein Kind, als hätte ich – und nicht Luo – sie unter dem riesigen Ginkgobaum oder im klaren Wasser der kleinen Bucht geliebt. Ich fühlte mich romantisch aufgewühlt und ihr sehr nahe. Ich hätte mein ganzes Leben damit zugebracht, sie zu beschützen, ich war bereit, als Junggeselle zu sterben, hätte ihr das geholfen. Ich hätte sie geheiratet, hätte das Gesetz es erlaubt, ich wäre selbst mit einer keuschen Ehe einverstanden gewesen, damit sie das Kind meines Freundes legitim und in aller Ruhe zur Welt bringen konnte.

Ich betrachtete aus dem Augenwinkel ihren Bauch unter ihrem dicken, handgestrickten roten Pullover, aber ich sah bloß das durch ihr stummes Weinen verursachte Beben ihrer Brust. Wenn eine Frau wegen des Ausbleibens ihrer Tage zu weinen anfängt, ist jeder Trost vergebens. Angst stieg in mir auf. Gütiger Himmel, was bahnte sich da an?

Ich vergaß das Wichtigste, nämlich sie zu fragen, ob sie mit achtzehn Mutter werden wollte. Aus einem einfachen Grund: die Möglichkeit, das Kind zu behalten, war gleich Null und dreimal Null. Kein Krankenhaus, keine Hebamme in der Gegend würde bereit sein, gegen das Gesetz zu verstoßen und das Kind eines unverheirateten Paares auf die Welt zu bringen. Und Luo würde die Kleine Schneiderin erst in sieben Jahren heiraten können, denn vor fünfundzwanzig heiraten, das war von Gesetzes wegen untersagt. Hinzu kam, daß es weit und breit keine Insel gab, wohin unser Romeo mit seiner Julia vor dem Arm des Gesetzes hätte fliehen können, um dort nach Art des alten Robinson zu leben, begleitet von einem zu Freitag mutierten Ex-Polizisten. Jeder Quadratzentimeter unseres Landes stand unter der wachsamen Kontrolle der »Diktatur des Proletariats«, die ganz China überzog wie ein riesiges, perfektes, lückenloses Netz.

Als sie sich beruhigt hatte, zogen wir gemeinsam alle Möglichkeiten einer Abtreibung in Betracht; wir berieten uns hinter dem Rücken ihres Vaters, suchten nach der unauffälligsten, nach der sichersten Lösung, die das Paar vor einer politischen und einer administrativen Strafe und vor dem Skandal rettete. Die scharfsichtige Gesetzgebung schien alles vorgesehen zu haben, um sie in die Enge zu treiben: Sie konnten ihr Kind vor der Heirat nicht auf die Welt bringen, heiraten durften sie nicht, und das Gesetz verbot die Abtreibung.

In dieser heiklen Situation mußte ich immerhin Luos Voraussicht bewundern. Zum Glück hatte er mir die Beschützermission übertragen, denn kraft meines Amtes schaffte ich es, seine uneheliche Frau davon abzuhalten, sich an die Kräuterärzte in den Bergdörfern zu wenden, die sie womöglich nicht nur vergiftet, sondern überdies auch noch angezeigt hätten. Ich schilderte ihr in den schwärzesten Farben die Folgen, die sie zwingen würden, den Hinkefuß zu heiraten, ich überzeugte sie davon, daß vom Dach des Hauses springen, um eine Fehlgeburt herbeizuführen, gefährlicher Unsinn war.

Am nächsten Morgen ging ich, wie mit ihr vereinbart, als Auskundschafter nach Yong Jing, um das Terrain in der gynäkologischen Abteilung des Kreiskrankenhauses zu sondieren.

Nach Yong Jing, wo die ganze Stadt schnuppernd die Nase in die Luft streckt, wenn in der Kantine der Stadtverwaltung Rindfleisch mit Zwiebeln gekocht wird. Auf einem Hügel am Stadtrand, hinter dem Basketballfeld, wo wir die Freiluftkino-Vorstellungen besucht hatten, befanden sich die zwei Gebäude des

kleinen Krankenhauses. Das erste, in dem das Ambulatorium untergebracht war, lag am Fuße des Hügels;
über dem Eingang prangte ein Riesenporträt des Großen Vorsitzenden in Militäruniform, der dem Gewu-
sel der Schlange stehenden Patienten und greinenden
Kindern zuwinkt. Das zweite Gebäude aus weißge-
tünchten Backsteinen lag auf dem Hügel, es war drei-
geschossig und hatte keine Balkone; dort befanden
sich die stationären Abteilungen.

Nach einem zweitägigen Fußmarsch und einer
schlaflosen Nacht in einer flohwimmelnden Herberge
schlich ich mich also unauffällig wie ein Spion in das
Ambulatorium. Ich trug meine alte Lammfelljacke,
um in der Menge nicht aufzufallen. Kaum hatte ich
den Fuß in die medizinische Umgebung gesetzt, die
mir von Kindheit an vertraut war, wurde ich von
Unbehagen gepackt. Im Erdgeschoß, am Ende eines
düsteren, engen, feuchten, moderig riechenden Korri-
dors saßen wartende Frauen auf zwei Reihen Bänken
längs der Wände; die meisten hatten einen dicken
Bauch, einige stöhnten leise. Ich schwitzte vor Aufregung. Endlich entdeckte ich an einer geschlossenen
Tür das mit roter Farbe auf ein Holzschild gemalte
Wort GYNÄKOLOGIE. Ein paar Minuten später ging
die Tür einen Spaltbreit auf, und eine hagere Patientin
kam mit einer Verschreibung in der Hand heraus …
und eine andere verschwand im Sprechzimmer. Ich
hatte kaum den Schatten eines Arztes in weißem Kittel
hinter seinem Schreibtisch erspäht – und schon schloß
sich die Tür wieder.

Die Sturheit der verschlossenen Tür zwang mich zu warten, bis sie das nächste Mal aufging. Ich mußte unbedingt sehen, was für ein Typ der Gynäkologe war. Doch als ich den Kopf wandte, erschrak ich über die wütenden Blicke, die mir die wartenden Frauen zuwarfen.

Was sie empörte – das war mir klar –, war mein Alter. Ich hätte mich als Frau verkleiden sollen und ein Kopfkissen um den Bauch binden, um eine Schwangerschaft vorzutäuschen. Denn der Neunzehnjährige mit seiner Lammfelljacke im Korridor der Gynäkologie war tatsächlich fehl am Platz. Sie blickten mich haßerfüllt an, als sei ich ein perverser Lüstling oder ein Spanner, der versucht, weibliche Geheimnisse zu beluchsen.

Ich wartete endlos! Die Tür rührte sich nicht. Ich schwitzte, mein Hemd war klatschnaß. Ich zog die Jacke aus, damit Balzacs Text auf der Innenseite der Jacke nicht zerfloß. Die Frauen begannen untereinander zu tuscheln. In dem düsteren Korridor sahen sie aus wie dicke Verschwörerinnen, die im Dämmerlicht ein Komplott schmiedeten. Als planten sie einen Lynchmord.

Eine Frau tippte mir auf die Schulter. »Was hast du hier zu suchen?« fragte sie gehässig.

Sie hatte kurz geschnittenes Haar und trug eine Männerjoppe, eine Hose und eine grüne Soldatenmütze mit der rot-goldenen Mao-Medaille, das äußere Zeichen ihres ruhigen politischen Gewissens. Trotz ihrer Schwangerschaft war ihr Gesicht mit eiternden oder vernarbten Pickeln übersät. Ich hatte Mitleid mit dem in ihrem Bauch wachsenden Kind.

Ich beschloß, mich dumm zu stellen, um sie ein bißchen auf die Schippe zu nehmen. Ich starrte sie wortlos an, bis sie ihre Frage wiederholte, worauf ich ganz langsam in Zeitlupe meine Hand hinters Ohr führte wie ein Taubstummer.

»Er hat ein geschwollenes, blutunterlaufenes Ohr«, sagte eine der auf der Bank sitzenden Frauen.

»Die Ohrenabteilung ist nicht hier«, krähte die Frau mit der Soldatenmütze. »Einen Stock höher, in der Ophthalmo.«

Was für eine Aufregung! Und während sie diskutierten, wer für die Ohren zuständig war, ein Ophthalmo oder ein Oto-rhino, ging die Tür auf, und zwar diesmal lange genug, daß ich mir das lange, graumelierte Haar und das eckige, müde Gesicht des Gynäkologen, eines etwa vierzigjährigen Mannes mit einer Zigarette im Mundwinkel, einprägen konnte.

Nach diesem ersten Resultat meiner Erkundungen machte ich einen langen Spaziergang, das heißt, ich lief auf der einzigen Straße der Stadt im Kreis herum. Ich weiß nicht, wie oft ich bis ans Ende der Straße schlenderte, das Basketballfeld überquerte und zum Krankenhauseingang zurückkehrte. Ich mußte ständig an den Arzt denken. Er wirkte jünger als mein Vater. Vielleicht kannten sie einander. Man hatte mir gesagt, er arbeite montags und donnerstags in der Gynäkologie und an den übrigen Wochentagen abwechselnd in der Chirurgie, in der Urologie und in der Gastroenterologie. Möglich, daß er meinen Vater kannte, dem Namen nach zumindest, denn bevor dieser ein Volksfeind geworden war, war er in unserer Provinz ziemlich bekannt gewesen. Ich versuchte, mir meinen Vater oder meine Mutter an seinem Platz, in diesem Kreiskrankenhaus vorzustellen, wie sie die vor der mit GYNÄKOLOGIE beschrifteten Tür wartende Kleine Schneiderin in Begleitung ihres geliebten Sohnes hereinriefen. Es wäre bestimmt die schlimmste Katastrophe ihres Lebens gewesen, schlimmer als die Kulturrevolution! Sie hätten mir gar keine Zeit gelassen, ihnen klarzumachen, wer der Urheber der Schwangerschaft war, und hätten mich empört hinausgeschmissen und mich nie mehr sehen wollen. Es ist schwierig zu erklären, aber die »bourgeoisen Intellektuellen«, denen die Kommunisten soviel angetan hatten, waren, was die Moral anging, ebenso streng wie ihre Verfolger.

Am Mittag aß ich im Restaurant. Ich bereute diesen Luxus schnell, der meine Geldbörse beträchtlich erleichterte, doch es war der einzige Ort, wo man ein Gespräch mit Unbekannten anknüpfen konnte. Wer weiß, vielleicht würde ich dort ein Schlitzohr antreffen, das alle Schliche für eine Abtreibung kannte.

Ich bestellte pfannengerührtes Hähnchenfleisch mit frischen Pfefferschoten und eine Schale Reis. Meine Mahlzeit, die ich unendlich hinzog, dauerte länger als die eines zahnlosen Greises. Doch je leerer mein Teller wurde, desto mehr sank meine Hoffnung. Die Schlitzohren der Stadt waren wohl ärmer oder geiziger als ich und setzten offenbar keinen Fuß ins Restaurant.

Zwei Tage lang zeitigten meine gynäkologischen Annäherungen keine Resultate. Der einzige Mann, mit dem ich das Thema erörtern konnte, war der Nachtpförtner des Krankenhauses, ein dreißigjähriger ehemaliger Polizist, der vor einem Jahr seinen Beruf wegen Frauengeschichten hatte aufgeben müssen. Ich blieb bis Mitternacht in seinem Kabäuschen, und wir spielten Schach und erzählten einander unsere Abenteuer. Er bat mich, ihm die hübschen umerzogenen Mädchen auf dem Berg vorzustellen – »he-he, du bist doch ein Kenner, was?« –, weigerte sich aber strikt, meiner Freundin, die »Probleme mit ihren Tagen« hatte, in irgendeiner Weise zu helfen.

»Bitte kein Wort mehr«, sagte er erschrocken. »Wenn die Krankenhausleitung erfährt, daß ich mich mit solchen Dingen befasse, schickt sie mich auf der Stelle wieder ins Gefängnis.«

Am dritten Tag gegen Mittag, überzeugt, daß ich die Tür des Gynäkologen niemals erreichen würde, beschloß ich, wieder auf meinen Berg zurückzukehren, als ich mich plötzlich an eine bestimmte Person in der Stadt erinnerte: an den Pastor.

Ich wußte nicht, wie er hieß, doch als wir uns die Filme angesehen hatten, war uns seine graue, im Wind flatternde Mähne aufgefallen. Er hatte, selbst wenn er die Straße kehrte, etwas Aristokratisches an sich. Er steckte in einem blauen, viel zu weiten Straßenkehrerkittel und hielt einen langen Besen in der Hand, und alle, selbst die fünfjährigen Knirpse, beschimpften ihn, schlugen ihn, spuckten ihn an. Seit zwanzig Jahren verbot man ihm, sein religiöses Amt auszuüben.

Wenn ich an ihn zurückdenke, kommt mir eine Anekdote in den Sinn: Eines Tages durchwühlten die Roten Garden sein Haus und entdeckten ein unter seinem Kopfkissen verstecktes Buch, das in einer fremden Sprache geschrieben war, die niemand lesen konnte. Die Szene war nicht viel anders als die mit Hinkefuß' Bande um *Vetter Pons*. Man mußte die Beute an die Universität Peking schicken, die feststellte, daß es sich um eine lateinische Bibel handelte. Der Pastor mußte teuer dafür bezahlen, denn seither zwang man ihn, bei Regen und Schnee und Sommerhitze die Straße zu kehren. Mit der Zeit wurde er in der Stadt zu einer wandelnden Straßendekoration.

Einen Pastor wegen einer Abtreibung zu konsultieren erschien mir ziemlich abwegig. War ich wegen der Kleinen Schneiderin von allen guten Geistern verlassen? Und ich stellte mit einem Mal fest, daß ich in den drei Tagen, seit ich in der Stadt weilte, kein einziges Mal die silberne Mähne des alten Straßenkehrers mit den mechanischen Gesten gesehen hatte.

Ich fragte einen Zigarettenverkäufer, ob der Pastor seine Strafe abgebüßt habe. »Nein«, antwortete er. »Er ist zwei Fingerbreit vom Tod entfernt, der Ärmste.«

»Was hat er?«

»Krebs. Seine zwei Söhne sind aus den großen Städten gekommen. Sie haben ihn ins Kreiskrankenhaus gebracht.«

Anstatt weiter durch die Stadt zu schlendern, stürzte ich, ohne lange zu überlegen, in atemlosem Lauf zum Krankenhaus auf dem Hügel, fest entschlossen, mein Glück zu versuchen und dem sterbenden Pastor einen Rat zu entreißen.

Im Flur stieg mir penetranter Medizingeruch, vermischt mit dem Gestank der schmutzigen Latrinen und dem Mief von Fett und Rauch in die Nase. Man hätte sich in einem Flüchtlingslager während des Krieges geglaubt: Die Krankenzimmer dienten gleichzeitig als Küche. Töpfe, Schneidebretter, Pfannen, Gemüse, Eier, Sojasauceflaschen, Essigflaschen lagen überall herum, neben den Krankenbetten, zwischen den Bekken und den Geräteständern, an denen die Infusionsflaschen hingen. Es war Mittagessenszeit, und die Patienten beugten sich über die rauchenden Töpfe und steckten die Eßstäbchen hinein und zankten sich um die Nudeln; andere wiederum wendeten brutzelnde Omeletts, die in das heiße Öl klatschten. Es war ein einziges Chaos.

Ich konnte ja nicht wissen, daß es in den Kreiskrankenhäusern keine Kantinen gab und die Patienten selber für das Essen sorgen mußten, obschon sie schwach und hinfällig waren, ganz zu schweigen von den Verletzten, den Behinderten, den Verstümmelten. Sie boten ein buntes, aufgeregtes Schauspiel, die Peking-Oper-Köche mit ihren roten, grünen oder schwarzen Gipsverbänden, ihren sich lösenden Verbänden, die über dem in den Kochtöpfen siedenden Wasser flatterten.

Ich entdeckte den im Sterben liegenden Pastor in einem Sechsbettzimmer. Er hing am Tropf, umringt von seinen zwei Söhnen und seinen Schwiegertöchtern, alle um die Vierzig, und einer bitterlich weinenden Frau, die ihm sein Essen auf einem Petroleumkocher zubereitete. Ich schlüpfte ins Zimmer und hockte mich neben sie.

»Sind Sie seine Frau?« fragte ich.

Sie nickte. Ihre Hand zitterte so stark, daß ich ihr die Eier aus der Hand nahm und für sie aufschlug.

Die beiden Söhne trugen bis zum Kragen zugeknöpfte Mao-Röcke, sahen aus wie Funktionäre oder Leichenbestatter mit Reporterallüren, denn sie hantierten an einem alten, gelben, rostigen Kassettenrecorder herum.

Plötzlich drang ein ohrenzerreißendes Geräusch aus dem Gerät und hallte wie ein Alarm, so daß die anderen Patienten vor Schreck beinahe ihre Reisschalen fallen ließen.

Dem älteren Sohn gelang es, das höllische Geräusch leiser zu stellen, während sein Bruder das Mikrophon an die Lippen des alten Pastors hielt.

»Sag etwas, Papa«, flehte der ältere Sohn.

Das silbergraue Haar des Alten war fast gänzlich ausgefallen, und sein Gesicht war kaum wiederzuerkennen. Er war stark abgemagert, war nur noch fahle, pergamentene Haut über den hervorstehenden Knochen. Sein einst kräftiger Körper war schrecklich geschrumpft. Er lag kraftlos unter der Decke und kämpfte mit seinen Schmerzen. Schließlich öffnete er seine schweren Lider. Seine Angehörigen reagierten mit staunender Freude auf dieses Lebenszeichen. Das Mikrophon wurde wieder vor seinen Mund gehalten. Das Tonband begann knirschend zu laufen, als würden Stiefel Glasscherben zertreten.

»Papa, bitte, streng dich an«, bettelte der Sohn. »Wir möchten deine Stimme als Erinnerung für deine Enkel aufnehmen.«

»Bitte, wiederhole einen Satz des Großen Vorsitzenden Mao. Einen einzigen Satz, bitte, einen Slogan! Und sie werden wissen, daß ihr Großvater kein Reaktionär mehr ist, daß sein Hirn saubergewaschen ist«, rief der zum Toningenieur mutierte Sohn.

Ein kaum wahrnehmbares Zittern lief über die Lippen des Pastors, doch seine Stimme war zu schwach. Er flüsterte unverständliche Worte. Selbst die alte Frau gestand hilflos, sie verstehe nicht, was er sage.

Dann fiel er ins Koma zurück.

Der Sohn spulte das Band zurück, und die ganze Familie hörte nochmals die geheimnisvolle Botschaft ab.

»Es ist Latein«, erklärte der ältere Sohn. »Er hat sein letztes Gebet auf lateinisch gesprochen.«

»Das sieht ihm gleich«, sagte die alte Frau und wischte mit einem Taschentuch den Schweiß von der Stirn des Pastors.

Ich stand auf und ging wortlos zur Tür. Ich hatte zufällig die Gestalt des weiß bekittelten Gynäkologen wie eine Spukerscheinung vor der Tür vorbeigehen sehen, hatte wie in Zeitlupe gesehen, wie er einen letzten Zug aus seiner Zigarette tat, den Rauch ausspuckte, den Stummel wegwarf und verschwand.

Ich stürzte aus dem Zimmer, stieß eine Sojasauceflasche um und stolperte über eine auf dem Fußboden herumliegende Bratpfanne. Als ich endlich im Flur stand, war der Arzt verschwunden.

Ich suchte ihn von Tür zu Tür, fragte alle, die mir entgegenkamen. Schließlich zeigte ein Patient auf eine Zimmertür am Ende des Flurs. »Ich habe ihn in das Privatzimmer dort drüben gehen sehen. Ein Arbeiter aus der Maschinenfabrik Rotes Banner hat sich scheint's in einer Maschine fünf Finger abgeschnitten.«

Ich ging auf das Zimmer zu, aus dem Schmerzensschreie drangen. Ich drückte leicht die Klinke herunter, die Tür öffnete sich leise wie von selbst.

Der Verletzte saß mit nacktem Oberkörper auf dem Bett, mit steifem Nacken und zurückgeworfenem Kopf an das Kopfende gelehnt, während der Arzt ihm einen Verband anlegte. Er war ungefähr dreißig, muskulös, an seinem Hals traten die Sehnen hervor. Ich betrat das Zimmer und schloß die Tür hinter mir. Die weiße Gaze war blutdurchtränkt, das Blut tropfte trotz des Verbandes, tick-tack-tick-tack, vom Stöhnen des Mannes begleitet, in ein Emailbecken neben dem Bett.

Der Arzt hatte den erschöpften Gesichtsausdruck eines Schlaflosen, doch er wirkte weniger gleichgültig, weniger »abwesend« als das letzte Mal, als ich ihn durch den Türspalt erspäht hatte. Er wickelte eine dicke Gazerolle ab und verband die Hand des Mannes, ohne mir Beachtung zu schenken. Meine Lammfelljacke erstaunte ihn nicht weiter.

Ich zog eine Zigarette aus der Tasche und zündete sie an. Dann ging ich auf das Bett zu und steckte dem möglichen Retter meiner Freundin lässig, als sei es die selbstverständlichste Sache der Welt, die Zigarette zwischen die Lippen. Er schaute wortlos zu mir auf, zog an der Zigarette, ohne seine Arbeit zu unterbrechen. Ich zündete eine zweite an, streckte sie dem Verwundeten hin, der seine rechte Hand danach ausstreckte.

»Hilf mir«, sagte der Arzt und hielt mir ein Gazeende hin. »Fest ziehen«, befahl er. Ich stellte mich an die andere Seite des Bettes, und wir zogen den Verband an wie zwei Männer, die ein Bündel satt verschnüren.

Die Blutung wurde schwächer, der Verletzte stöhnte nicht mehr. Er ließ die Zigarette auf den Fußboden fallen, glitt zur Seite und schlief auf der Stelle ein. »Die Wirkung der Narkose«, meinte der Arzt.

»Wer bist du?« fragte er, eine letzte Gazelage um die bereits dick verbundene Hand wickelnd.

»Ich bin Sohn eines Arztes, der im Provinzkrankenhaus arbeitet. Nun, gearbeitet hat ...«

»Wie heißt er?«

Ich wollte den Namen von Luos Vater nennen, doch der meines Vaters entschlüpfte mir spontan. Beklemmende Stille folgte. Ich hatte den Eindruck, daß er nicht nur meinen Vater kannte, sondern auch über sein politisches Mißgeschick Bescheid wußte.

»Was willst du?« fragte er.

»Es ist wegen meiner Schwester ... Sie hat ein Problem ... ich meine, sie hat seit fast drei Monaten ihre Tage nicht mehr gehabt.«

»Das kann nicht stimmen«, sagte er kalt.

»Wieso?«

»Dein Vater hat keine Tochter. Verschwinde, mieser kleiner Lügner.«

Er hob die Stimme nicht, zeigte mir nicht die Tür, obwohl er ganz offensichtlich wütend war; er hätte mir beinahe seinen Zigarettenstummel ins Gesicht geschleudert.

Rot vor Scham wollte ich gehen, kehrte aber nach ein paar Schritten wieder zurück. »Ich schlage Ihnen einen Tauschhandel vor«, hörte ich mich sagen, »wenn Sie meiner Freundin helfen, wird sie Ihnen ihr ganzes Leben dankbar sein, und ich schenke Ihnen dafür ein Buch von Balzac.«

Er zuckte zusammen, als er in diesem Krankenhaus am Ende der Welt, während er eine verstümmelte Hand verband, diesen Namen hörte. Es verschlug ihm beinahe die Sprache. Endlich sagte er: »Ich hab dir schon gesagt, daß du ein mieser kleiner Lügner bist. Wie kämst du dazu, ein Buch von Balzac zu besitzen?«

Wortlos zog ich meine Lammfelljacke aus, wendete die Innenseite nach außen und zeigte ihm den Text, den ich auf die Lederseite abgeschrieben hatte; die Tinte war etwas verblaßt, aber immer noch lesbar.

Er beugte sich prüfend über den Text, zog dann

ein Päckchen Zigaretten aus seiner Kitteltasche und reichte mir eine. Er überflog rauchend den Text.

»Eine Übersetzung von Fu Lei«, murmelte er. »Ich erkenne seinen Stil. Er ist ein Volksfeind wie dein Vater, der Ärmste.«

Dieser Satz brachte mich zum Weinen. Ich hätte es gern unterdrückt, aber es war zuviel für mich. Ich heulte wie ein kleines Kind. Meine Tränen galten nicht der Kleinen Schneiderin und auch nicht meiner erfüllten Mission, sondern Balzacs Übersetzer, den ich nicht einmal kannte. Ist das nicht die größte Würdigung, die größte Anerkennung, die einem Intellektuellen auf dieser Welt zuteil werden kann?

Wenn ich an jenen ergreifenden Moment zurückdenke, vergesse ich fast die folgenden Ereignisse. Eine Woche später, einem Donnerstag, betrat die als dreißigjährige Frau verkleidete Kleine Schneiderin mit einem weißen Band um die Stirn an dem vom polyvalenten Arzt und Literaturliebhaber vereinbarten Termin den Operationssaal, derweil ich – der Verursacher der Schwangerschaft war noch nicht zurück – drei Stunden im Korridor saß und auf den kleinsten Laut hinter der Tür lauschte: die gedämpften Geräusche, das Fließen von Wasser, den markdurchdringenden Schrei einer unbekannten Frau, die undeutlichen Stimmen der Krankenschwestern, die hastigen Schritte ...

Der Eingriff verlief problemlos. Als ich endlich in die Operationsabteilung durfte, erwartete mich der Gynäkologe in einem karbolgeschwängerten Raum.

Die Kleine Schneiderin saß zuhinterst auf einem Bett und zog sich mit Hilfe einer Krankenschwester an.

»Es war ein Mädchen, wenn es dich interessiert«, flüsterte der Arzt mir zu, riß ein Streichholz an und begann zu rauchen.

Als Zugabe zu der versprochenen *Ursula Mirouët* schenkte ich dem Arzt auch noch *Johann Christof,* damals mein Lieblingsbuch, das ebenfalls von Fu Lei übersetzt worden war.

Obwohl die frisch Operierte noch etwas wackelig auf den Beinen war, war ihre Erleichterung grenzenlos, als sie das Krankenhaus verließ, und wahrscheinlich mit der eines Angeklagten vergleichbar, für den der Staatsanwalt lebenslänglichen Freiheitsentzug gefordert hat und der, als nicht schuldig erklärt, das Gerichtsgebäude verläßt.

Sie wollte sich nicht im Gasthof hinlegen und beharrte darauf, auf den Friedhof zu gehen, wo der Pastor vor zwei Tagen beigesetzt worden war. Sie behauptete, er sei es gewesen, der mich ins Krankenhaus geführt und mit unsichtbarer Hand meine Begegnung mit dem Gynäkologen herbeigeführt hatte. Mit dem uns verbliebenen Geld kauften wir ein Kilo Mandarinen und legten sie als Opfergabe auf sein schmuckloses Zementgrab. Wir bedauerten, kein Grabgebet in Lateinisch sprechen zu können, der Sprache, in der er in seiner Todesstunde zu seinem Gott gebetet ... oder sein Straßenkehrerleben verflucht hatte. Wir überlegten hin und her, ob wir an seinem Grab schwören sollten, Lateinisch zu lernen und eines Tages zurückzukehren, um uns in dieser Sprache mit ihm zu unterhalten. Schließlich beschlossen wir, es sein zu lassen, denn wir wußten nicht, wo uns ein Lehrbuch besorgen (vielleicht hätten wir diesmal bei Brillenschangs Eltern einbrechen müssen), vor allem aber war es unmöglich, einen Lehrer zu finden. Wir kannten außer dem alten Pastor keinen einzigen Chinesen in unserer Gegend, der eine Ahnung von Lateinisch hatte.

Auf seinem Grabstein waren sein Name und zwei Daten eingraviert und sonst nichts, kein Hinweis auf sein Leben und kein Hinweis auf sein religiöses Amt. Bloß ein Kreuz war mit greller roter Farbe darauf gemalt, als wäre er Apotheker oder Arzt gewesen.

Wir schworen, daß wir, wenn wir eines Tages reich sein sollten und die Religionen nicht mehr verboten waren, zurückkehren wollten, um einen bemalten Grabstein für ihn setzen zu lassen, in den ein Mann mit silbernem Haar und einer Dornenkrone – genau wie Jesus – gemeißelt war, aber nicht mit ans Kreuz genagelten Händen, sondern mit einem langen Besenstiel in den Händen.

Die Kleine Schneiderin wollte anschließend zu einem verbotenen, von den Roten Garden geschlossenen buddhistischen Tempel gehen, um ein paar Geldscheine über die Mauer zu werfen aus Dankbarkeit für die ihr gewährte Gnade. Aber wir besaßen keinen einzigen Fen mehr.

Nun ist der Moment gekommen, den Schlußakt dieser Geschichte zu schildern. Zeit, sechs angerissene Streichhölzer in der Winternacht aufflammen zu sehen.

Drei Monate waren seit der Abtreibung der Kleinen Schneiderin vergangen. Das leise Murmeln des Windes und das Grunzen aus dem Schweinekoben erfüllten die Nacht. Luo war seit drei Monaten auf unserem Berg zurück.

Die Luft roch nach Frost.

Das zischende Knistern eines angerissenen Streichholzes. Der reglose schwarze Schatten unseres Pfahlhauses in ein paar Metern Entfernung wurde von dem aufblitzenden gelben Licht aufgeschreckt und erschauerte unter dem Mantel der Dunkelheit.

Das Flämmchen wäre beinahe in seinem schwefligen Rauch erstickt und ausgegangen, flackerte schließlich doch auf und näherte sich dem *Alten Go*, der vor dem Pfahlhaus auf der kalten Erde lag. Die von der züngelnden Flamme geleckten Seiten krümmten sich, schmiegten sich aneinander, und die Worte stürzten ins Freie. Das arme französische Mädchen schreckte durch die Feuersbrunst aus seinem Schlafwandlertraum, wollte flüchten ... doch es war zu spät.

Als sie ihren geliebten Vetter wiederfand, war sie bereits mitsamt den Geldanbetern, ihren Freiern und ihrem Millionenerbe von den Flammen verschlungen und in Rauch aufgelöst.

Drei weitere Streichhölzer zündeten gleichzeitig die Scheiterhaufen von *Vetter Pons, Oberst Chabert* und *Eugenie Grandet* an. Das fünfte erwischte Quasimodo am Rockzipfel, der, Esmeralda auf dem Rücken, mit seiner knochigen Gestalt über das Kopfsteinpflaster von *Notre-Dame de Paris* floh. Das sechste entflammte *Madame Bovary*. Doch die Flamme hielt plötzlich in einem luziden Aufleuchten inne und weigerte sich, bei der Seite anzufangen, wo Emma, im Bett rauchend, in einem Hotelzimmer in Rouen in den Armen ihres jungen Liebhabers flüsterte: »Auch du wirst mich verlassen ...« Das zornige, aber wählerische Streichholz entschloß sich, von der letzten Seite des Buches her vorzugehen, bei der Szene, wo die sterbende Heldin glaubt, einen Blinden singen zu hören:

Ein schöner Tag, ein warmer Wind,
Von Liebe träumt das schöne Kind.

Eine Geige stimmte eine Trauermelodie an, und genau in dem Moment fegte ein Windstoß durch die flammenden Bücher; Emmas noch warme Asche flog davon, vermischte sich mit der ihrer verkohlten Landsleute und hob sich wirbelnd in die Luft.

Das aschestaubige Roßhaar des Bogens strich über die glänzenden Metallsaiten, in denen der Widerschein des Feuers aufblitzte. Der Klang dieser Geige, das war der meiner Geige. Der Geiger, das war ich.

Luo, der Brandstifter, der Sohn des berühmten Zahnarztes, der romantische Liebhaber, der auf allen vieren über die gefährliche Mure gekrochen war, der große Bewunderer Balzacs hockte stockbetrunken auf der Erde, den Blick starr aufs Feuer gerichtet, fasziniert, ja hypnotisiert von den Flammen, in denen Worte oder einst geliebte Wesen flirrend tanzten, bevor sie zu Asche wurden. Er weinte und lachte und weinte.

Kein einziger Zeuge wohnte unserem Opferfeuer bei. Die an mein Geigenspiel gewöhnten Dorfbewohner zogen es vor, in ihren warmen Betten zu bleiben. Wir wollten unseren alten Freund, den Müller, einladen, damit er uns auf seinem dreisaitigen Instrument begleitete und seine schlüpfrigen »alten Reime« sang und dabei die zahllosen Fältchen auf seinem Bauch spielen ließ. Doch er war krank. Als wir ihn zwei Tage zuvor besucht hatten, lag er mit Grippe auf seinem Bett.

Das Autodafé ging weiter. Der berühmte *Graf von Monte Cristo,* der aus seinem Festungsverlies entkommen war, wurde von Luos Wahnsinn eingeholt. Die anderen Frauen und Männer, die im Koffer des Brillenschang gehaust hatten, entkamen ebenfalls nicht.

Selbst wenn plötzlich der Laoban vor uns gestanden hätte, hätten wir keine Angst vor ihm gehabt. In unserem Rausch hätten wir ihn vielleicht lebendigen Leibes verbrannt, als sei auch er eine literarische Gestalt.

Jedenfalls saßen nur wir beide am Feuer. Die Kleine Schneiderin war weggegangen und würde uns nie mehr besuchen. Ihre ebenso plötzliche wie unerwartete Abreise hatte uns total überrascht.

Wir mußten lange in unserer vom Schock betäubten Erinnerung wühlen, um ein Anzeichen zu finden, ein modisches Omen, das auf den sich vorbereitenden tödlichen Schlag hindeutete.

Vor ungefähr zwei Monaten hatte Luo mir erzählt, sie hätte sich nach einer Zeichnung, die sie in *Madame Bovary* gesehen hatte, einen Büstenhalter genäht. Ich hatte damals darauf hingewiesen, daß es sich um die erste Damenwäschekollektion auf dem Berg des Phönix-des-Himmels handelte, ein Ereignis also, das würdig war, in die lokalen Annalen einzugehen. Ihr neuster Spleen sei, hatte Luo mir anvertraut, den Mädchen aus der Stadt gleichen zu wollen: »Sie imitiert jetzt beim Sprechen unseren Akzent.«

Wir schrieben die Konfektion des Büstenhalters der unschuldigen Koketterie eines jungen Mädchens zu, ich kann aber nicht begreifen, wie wir die zwei weiteren Neuerungen ihrer Garderobe übersehen konnten, da weder die eine noch die andere auf dem Berg von irgendwelchem Nutzen sein konnte. Zuerst einmal hatte sie meinen blauen Mao-Rock mit den drei kleinen goldenen Knöpfen – den ich ein einziges Mal getragen hatte – zurückverlangt. Sie hatte ihn geändert, gekürzt und eine Damenkostümjacke daraus genäht, die jedoch durch die vier Taschen und den kleinen Kragen den männlichen Look bewahrt hatte. Ein entzückkendes Modell, das in den damals herrschenden Zeiten aber nur von einer Städterin getragen werden konnte.

Daraufhin hatte sie ihren Vater gebeten, ihr aus dem Kaufhaus in Yong Jing ein Paar Tennisschuhe zu bringen, deren makelloses Weiß dem allgegenwärtigen Berglöß keine drei Tage widerstanden hätte.

Ich erinnere mich auch an das westliche Neujahrsfest jenes Jahres. Es handelte sich nicht eigentlich um ein Fest, sondern um einen nationalen Urlaubstag. Wie gewöhnlich waren Luo und ich zu ihr gegangen. Mann-o-Mann, ich hätt sie beinahe nicht wiedererkannt. Als ich das Haus betrat, glaubte ich, eine junge Gymnasiastin aus Chengdu vor mir zu sehen. Ihr langer Zopf mit der roten Schleife war durch einen Kurzhaarschnitt ersetzt worden, was ihr eine andere Schönheit verlieh, den Charme eines modernen jungen Mädchens. Sie war eben dabei, den Mao-Rock zu ändern. Luo freute sich über ihre unerwartete Verwandlung. Als sie das entzückende Mao-Modell anprobierte, war er hell begeistert: der strenge männliche Schnitt ihrer Kleidung, ihre neue Frisur, ihre makellos weißen Tennisschuhe anstelle ihrer rosafarbenen Pantöffelchen verliehen ihr eine aparte Sinnlichkeit, eine besondere Eleganz, die den Tod des hübschen, etwas linkischen Bauernmädchens ankündigten. Luo wurde vor Künstlerfreude überwältigt, als er sein vollendetes Werk betrachtete. Er flüsterte mir ins Ohr: »Die paar Monate Lektüre waren nicht vergebens, was meinst du?«

Der Ausgang dieser Verwandlung, dieser Balzacschen Umerziehung schwang bereits unterschwellig in Luos Satz mit, doch wir überhörten die Warnung.

Schläferte uns unser selbstgefälliger Stolz ein? Überschätzten wir die Tugenden der Liebe? Oder hatten wir ganz einfach den eigentlichen Kern der Romane nicht verstanden, die wir ihr vorgelesen hatten?

Eines Morgens im Februar, am Tag vor der Wahnsinnsnacht unseres Autodafés, pflügten Luo und ich, jeder hinter seinem Büffel, ein ehemaliges Maisfeld, das in ein Reisfeld umgewandelt worden war. Gegen zehn Uhr unterbrachen die Rufe der Dorfbewohner unsere Arbeit: »Hei-hei, geht nach Hause, der alte Schneider wartet auf euch.«

Daß er ohne Nähmaschine gekommen war, war bereits ein schlechtes Omen, doch als wir vor ihm standen, machten uns sein zerfurchtes Gesicht, seine hervorstehenden Wangenknochen, sein zerzaustes Haar geradezu angst.

»Meine Tochter ist heute Morgen in aller Frühe weggegangen«, begrüßte er uns.

»Weggegangen?« fragte Luo. »Ich versteh nicht.«

»Ich auch nicht. Aber sie ist gegangen.«

Er berichtete, seine Tochter hätte sich hinter seinem Rücken vom Kreiskomitee alle notwendigen Papiere und Bescheinigungen ausstellen lassen, die für eine lange Reise notwendig waren. Sie hatte ihm erst am Abend vor der Abreise mitgeteilt, sie habe die Absicht, ihr Leben zu ändern und in einer großen Stadt ihr Glück zu versuchen. »Ich hab sie gefragt, ob ihr beide etwas davon wißt«, fuhr er fort. »Sie hat gesagt nein und daß sie euch schreiben wird, sobald sie eine feste Adresse habe.«

»Ihr hättet sie nicht gehen lassen dürfen«, sagte Luo tonlos. Er war am Boden zerstört.

»Nichts zu machen«, entgegnete der alte Mann traurig. »Ich hab ihr sogar gesagt: Wenn du weggehst, wirst du keinen Fuß mehr hierher setzen.«

Luo stürmte Hals über Kopf davon, rannte verzweifelt die steilen Bergpfade talwärts, um die Kleine Schneiderin einzuholen. Ich folgte ihm holterdiepolter auf einer Abkürzung zwischen den Felsen. Die Szene erinnerte mich an meinen Traum, in dem die Kleine Schneiderin in den Abgrund neben der Mure gestürzt war. Wir liefen mit fliegender Hast, wir jagten durch eine Schlucht, in der es keinen Weg gab, wir rutschten die steilen Felswände hinunter ... Einen Moment lang wußte ich nicht, ob ich in meinem alten Traum oder in Wirklichkeit lief und stolperte und kollerte ... oder ob ich träumend rannte. Die Felsen hatten fast alle die gleiche düstergraue Farbe und waren mit glitschigem Moos bewachsen.

Ich konnte mit Luo nicht mehr Schritt halten. Vor lauter Rennen, über Felsen balancieren, von Stein zu Stein springen tauchte das Ende meines Traums in allen Einzelheiten vor mir auf. Das klagende Krächzen der Krähe mit dem roten Schnabel, die über meinem Kopf kreiste, hallte in meinem Kopf nach. Ich glaubte, jeden Moment den Körper der Kleinen Schneiderin am Fuße eines Felsen zu finden, den Kopf auf der Brust baumelnd, mit zwei großen, ausgebluteten Wunden an ihrem Schädel. Jeder meiner Schritte schmerzte im Kopf. Ich weiß nicht, warum ich mich auf dieses wahnsinnige Abenteuer eingelassen hatte. Aus Freundschaft zu Luo? Wegen meiner Liebe zu seiner Freundin? Oder war ich ein Zuschauer, der den Ausgang einer Geschichte nicht versäumen wollte? Ich verstand nicht, warum, aber die Erinnerung an meinen Traum verfolgte mich auf dem ganzen Weg. Ich verlor unterwegs einen Absatz.

Als ich nach drei oder vier Stunden wildem Lauf, Galopp, Trab, Rutschen, Stürzen und selbst Überschlägen die Gestalt der Kleinen Schneiderin erblickte, die auf einem Stein am Wegrand saß und auf ein buckliges Gräberfeld hinunterblickte, atmete ich erleichtert auf: Das Gespenst meines Alptraums war ausgetrieben.

Ich verlangsamte mein Tempo, ließ mich dann am Wegrand mit gurgelndem Bauch und sausendem Kopf auf die Erde fallen. Die Umgebung war mir vertraut. An dieser Stelle hatte ich vor ein paar Monaten Brillenschangs Mutter getroffen.

»Ein Glück«, sagte ich mir, »daß die Kleine Schneiderin hier Rast gemacht hat.« Vielleicht hatte sie sich im Vorbeigehen von ihren mütterlichen Ahnen verabschieden wollen. Dem Himmel sei Dank, denn sonst wäre mein Herz stillgestanden oder ich wäre übergeschnappt.

Ich saß etwa zehn Meter weiter weg auf einem überhängenden Felsen, was mir erlaubte, das Wiedersehen von oben zu beobachten. Als Luo näher kam, wandte sie den Kopf. Er ließ sich, genau wie ich am Ende seiner Kräfte, auf die Erde fallen.

Ich traute meinen Augen nicht: Die Szene erstarrte

zu einem lebenden Bild. Das auf einem Stein sitzende Mädchen mit dem Männerrock, dem kurzgeschnittenen Haar und den weißen Schuhen rührte sich nicht, während der auf dem Rücken liegende junge Mann die Wolken über seinem Kopf betrachtete. Ich glaube, sie sprachen kein Wort miteinander. Zumindest hörte ich nichts. Ich hätte gerne eine heftige Szene erlebt, Schreie, Anschuldigungen, Erklärungen, Tränen, Beschimpfungen … Doch nichts. Stille. Ohne den Rauch von Luos Zigarette hätte man meinen können, sie seien zu steinernen Statuen erstarrt.

Obschon in solchen Situationen Wut oder Schweigen aufs Gleiche herauskommt und es schwierig ist, zwei verschiedene Ansichten auf einen versöhnlichen Nenner zu bringen. Wandte Luo vielleicht die falsche Strategie an? Oder ergab er sich zu früh der Ohnmacht der Worte?

Ich machte an einer geschützten Stelle aus Zweigen und dürrem Laub ein Feuer. Ich holte ein paar Süßkartoffeln aus meinem kleinen Schulterbeutel und vergrub sie in der Asche.

Im Geheimen und zum ersten Mal war ich der Kleinen Schneiderin böse. Obwohl ich mich auf die Rolle des Zuschauers beschränkte, fühlte ich mich ebenso verraten wie Luo, nicht durch ihren Weggang, sondern durch die Tatsache, daß sie mir nichts davon gesagt hatte, als ob für sie unsere Komplizenschaft während Luos Abwesenheit nicht mehr existierte. Als sei ich für sie nichts anderes gewesen – und würde nie etwas anderes sein – als ein Freund ihres Freundes.

Ich fischte mit einem spitzen Stecken eine Süßkartoffel aus dem rauchenden Haufen, pustete darauf und klopfte die Asche ab. Da drang endlich von unten Stimmengemurmel zu mir herauf. Die zwei steinernen Statuen unterhielten sich leise, aber in gereiztem Tonfall. Ich hörte undeutlich den Namen Balzac und fragte mich, was der denn mit der ganzen Geschichte zu tun hatte. In dem Moment, als ich mich schon über die Unterbrechung der Stille freute, begann das lebende Bild sich zu bewegen: Luo richtete sich auf, und sie hüpfte von ihrem Stein. Doch anstatt sich gegenseitig in die Arme zu werfen, nahm sie ihr Bündel und entfernte sich entschlossenen Schrittes.

»Warte«, rief ich ihr nach und schwenkte die Süßkartoffel. »Komm, iß eine Kartoffel! Ich habe sie eigens für dich geröstet.«

Mein erster Ruf ließ sie nur noch schneller laufen, mein zweiter noch schneller und mein dritter verwandelte sie in einen davonfliegenden Vogel. Sie wurde kleiner und kleiner und verschwand.

Luo setzte sich zu mir ans Feuer. Er war blaß, verlor aber kein Wort über das, was geschehen war. Das war ein paar Stunden vor dem Autodafé gewesen.

»Sie ist gegangen«, stellte ich fest.

»Sie will in eine große Stadt«, entgegnete er. »Sie hat von Balzac gesprochen.«

»Ja und?«

»Sie hat gesagt, sie habe dank Balzac etwas begriffen: daß die Schönheit der Frau ein unbezahlbarer Schatz ist.«

PIPER

Shan Sa

Die Go-Spielerin

Roman. Aus dem Französischen von Elsbeth Ranke.
252 Seiten. Serie Piper

»Das Dunkel des Salons ist schattig wie ein Kaisergrab: Die
schwarzen Lackmöbel atmen einen schweren Duft, die
Risse in der Mauer zeichnen geheimnisvolle Fresken. Das
Bett unter der purpurroten, goldbestickten Seide ist ein
ewiges Flammenmeer. Ich muß hinaus auf den Platz der
Tausend Winde. Der Unbekannte erwartet mich schon,
unsere Partie fortzusetzen.«
Mandschurei 1937: In den Wirren der japanischen
Invasion widersetzt sich eine junge aristokratische Chinesin
dem traditionellen Weg, der ihr von der Familie vorgegeben
ist, und schließt sich einer Gruppe chinesischer Rebellen an.
Während sie auf ihren großen Einsatz wartet, perfektioniert
das junge Mädchen ihre Fähigkeit zu Konzentration und
Kalkül beim täglichen Go-Spiel. Bis sich ein als Mandarin
verkleideter japanischer Leutnant – ein Spion – unter die
Go-Spieler mischt und mit ihr ein leidenschaftliches, beses-
senes Duell aufnimmt – in das sich beide über Wochen und
Monate immer tiefer verstricken. Ein Duell, das in einer
Tragödie gipfelt, wie sie nur auf eine große Liebe folgen
kann.

01/1107/02/R

Madeleine Bourdouxhe

Gilles' Frau

Aus dem Französischen von Monika Schlitzer. Mit einem Nachwort von Faith Evans. 166 Seiten. Serie Piper

Madeleine Bourdouxhes Drama einer zerstörerischen Leidenschaft ist eine Wiederentdeckung von höchstem literarischen Rang. Die leidenschaftliche Dreiecksgeschichte zwischen Elisa, ihrer Schwester Victorine und Gilles ist in ihrer Direktheit und Ausweglosigkeit ein Glanzstück der klassischen Moderne: Sinnlich, kühn – und von kammerspielartiger Intensität.

»Sie wurde in der französischen Literaturszene gefeiert wegen ihrer subtilen und dichten Sprache, wegen ihrer genauen Beobachtungen und vor allem wegen der ungeheuren Intensität, mit der Madeleine Bourdouxhe Ängste, Hoffnungen, Stimmungen und Stille beschreibt.«
Der Spiegel

Jean Rouaud

Die Felder der Ehre

Roman. Aus dem Französischen von Carina von Enzenberg und Hartmut Zahn. 217 Seiten. Serie Piper

Jean Rouaud erzählt in seinem mit dem Prix Goncourt ausgezeichneten Debütroman auf sehr persönliche Weise wichtige Stationen des vergangenen Jahrhunderts nach, indem er sich an die Geschichte seiner eigenen Familie erinnert. Anlaß zum Öffnen dieses Familienalbums geben drei Todesfälle, die sich alle im selben Winter ereignen und um die sich die Geschichte zentriert: der Großvater, der mit seinem zerbeulten 2CV die Gegend unsicher macht; die bigotte Tante Marie, die jeweils den Heiligen des Tages auf ihrer Seite hat und die für ihren im Großen Krieg gefallenen Bruder Joseph, den sie so liebte, ihre Weiblichkeit hingab; schließlich der Vater des Erzählers, dessen früher Tod die so subtil humorvolle und skurrile Chronik überschattet und ihr unausgesprochene Tragik verleiht.

Sándor Márai

Das Vermächtnis der Eszter

Roman. Aus dem Ungarischen von Christina Viragh. 165 Seiten. Serie Piper

Vor zwanzig Jahren hat der Hochstapler Lajos, Eszters große und einzige Liebe, nicht nur sie, sondern auch ihre übrige Familie mit Charme und List bezaubert. Eszter hat es ihm nicht verziehen, daß er ihre Schwester Vilma geheiratet hat. Nun kehrt er zurück, um die tragischen Ereignisse von damals zu klären und die offenen Rechnungen zu begleichen. Bei dieser Gelegenheit kommen drei Briefe zum Vorschein, die für Eszter gedacht waren, die sie aber nie erhalten hatte …

»Mit großem Geschick, in einer aufs Wesentliche verknappten und suggestiv aufgeladenen Sprache, verknüpft Márai die Fäden einer desaströsen Liebes- und Lebensgeschichte, die in einem existentiellen Kampf gipfelt, den die Frage bestimmt: Wird Lajos wieder siegen und seinen letzten großen Betrug erfolgreich abschließen?«
Süddeutsche Zeitung

Sándor Márai

Die Glut

Roman. Aus dem Ungarischen und mit einem Nachwort von Christina Viragh. 224 Seiten. Serie Piper

Darauf hat Henrik über vierzig Jahre gewartet: Sein Jugendfreund Konrád kündigt sich an. Nun kann die Frage beantwortet werden, die Henrik seit Jahrzehnten auf dem Herzen brennt: Welche Rolle spielte damals Krisztina, Henriks junge und schöne Frau? Warum verschwand Konrád nach jenem denkwürdigen Jagdausflug Hals über Kopf? Eine einzige Nacht haben die beiden Männer, um den Fragen nach Leidenschaft und Treue, Wahrheit und Lüge auf den Grund zu gehen.

»Sándor Márai hat einen grandiosen, einen quälenden Gespensterroman geschrieben, einen Totengesang der Überlebenden, denen die Wahrheit zum Fegefeuer geworden ist. Die Glut hat ihnen das Leben zur Asche ausgebrannt.«
Thomas Wirtz in der Frankfurter Allgemeinen Zeitung

SERIE PIPER

Katharina Mazetti
Der Kerl vom Land

Eine Liebesgeschichte. Aus dem Schwedischen von Annika Krummacher. 202 Seiten.
Serie Piper

Zwischen Desirée und Benny funkt es, und zwar ausgerechnet auf dem Friedhof. Nach einigen Wochen voller Leidenschaft schiebt sich der Alltag störend dazwischen – und die gegenseitigen Erwartungen: die Bibliothekarin und der Landwirt leben in zwei völlig unterschiedlichen Welten. Benny braucht eine handfeste Frau, die ihm auf dem Hof zur Seite steht, und Desirée interessiert sich vor allem für Literatur und Theater. Voller Situationskomik erzählt Katarina Mazetti von einer ganz und gar ungewöhnlichen Liebe.

»Eine sehr komische und gleichzeitig sehr tragische Geschichte, mit viel Humor und Feingefühl erzählt. Ein Buch, das Mut zum Außergewöhnlichen macht.«
Westdeutscher Rundfunk

Maarten 't Hart
Die Netzflickerin

Roman. Aus dem Niederländischen von Marianne Holberg. 448 Seiten.
Serie Piper

Dies ist die Lebensgeschichte des Apothekers Simon Minderhout aus dem südholländischen Maassluis und seiner kurzen, leidenschaftlichen Liebe zu der Netzflickerin Hillegonda während der deutschen Besatzungszeit. Sie ist zugleich die atemberaubende Geschichte eines alten Mannes, der Jahrzehnte danach dem Teufelskreis von Denunziation und Verrat kaum entkommen kann.

Wie ein spannendes Stationendrama liest sich die Lebensgeschichte des Apothekers Simon Minderhout, der Hauptfigur in Maarten 't Harts neuem Roman.

»Maarten 't Hart erweist sich erneut als großartiger Erzähler, dem es gelingt, Schicksale so authentisch zu schildern, daß der Leser einfach Anteil nehmen muß.«
Hamburger Abendblatt

05/1432/01/L

05/1047/01/R

Antonio Skármeta

Das Mädchen mit der Posaune

Roman. Aus dem chilenischen Spanisch von Willi Zurbrüggen. 335 Seiten. Serie Piper

Auf der Flucht vor den Nazis landet die kleine Magdalena 1944 in Begleitung eines Posaunisten in der chilenischen Stadt Antofagasta. Hier wird sie liebevoll aufgenommen von Stefano Coppeta, dem Besitzer eines kleinen Gemischtwarenladens. Sie wächst zu einer schönen, aufgeweckten jungen Frau heran, voller Träume und Phantasie. Und ihr größter Traum, der heißt: Amerika. Dort will sie hin, nach New York, wo die Menschen ihr Glück finden …

»Eine anrührende und politische Geschichte, aus der eine tiefe Liebe zu Chile, seinen Menschen und seiner volkstümlichen Musik spricht.«
Süddeutsche Zeitung

Antonio Skármeta

Mit brennender Geduld

Roman. Aus dem chilenischen Spanisch von Willi Zurbrüggen. 150 Seiten. Serie Piper

Skármetas Roman ist eine poetische Hommage an den größten chilenischen Dichter des 20. Jahrhunderts, Pablo Neruda. »Mit brennender Geduld« erzählt die Geschichte einer Freundschaft zwischen dem Briefträger Mario Jiménez, dem Sohn eines Fischers in Isla Negra, und Pablo Neruda, dem weltberühmten Dichter. Mit Hilfe eines Gedichts, das Mario dem väterlichen Freund abringt, gewinnt er das Herz seiner Angebeteten: Die Macht des Wortes, die treffende Metapher, die Poesie wirken Wunder. Als Neruda von der Regierung Allende als Botschafter nach Paris entsandt wird, vergißt er seinen Briefträger nicht. Er schreibt ihm, und dafür schickt ihm Mario auf Tonband die Glockentöne, das Meeresrauschen, die Laute der Tiere und Menschen ins ferne Frankreich.

SERIE PIPER